僕は沈没ホテルで殺される

七尾与史

僕は沈没ホテルで殺される

プロローグ

二〇〇〇年、三月。

寝苦しい夜だった。しかしエアコンのないこの部屋は一年を通して熱帯夜だ。慣れたつもりでもからみつくような暑さに目を覚ましてしまう。小さな窓はあるが錆《さ》びついていて開かないので、淀《よど》んだ空気は停滞したまま流れない。

トオルは身体を起こしてベッドの上に腰掛けた。酸っぱい臭《にお》いが鼻を衝《つ》く。身体中がバターを塗りたくったようにベタベタする。もう一週間ほどシャワーを浴びてない。無精ひげもそのままだ。頭の中がタバコの煙を充満させたように朦朧《もうろう》とする。ガンジャ《大麻》のせいだ。

四畳ほどの部屋の窓際でシングルベッドがきしみを上げる。くたびれたマットレスを包むシーツは様々な人種の体液が染みこんで南京虫の住処《すみか》だ。置いてある家具はそれだけ。タンスもなければデスクもない。当然、テレビも冷蔵庫もない。部屋の片隅に大きめのバックパックが犬の死骸のように横たわっている。これがトオルの全財産だ。

壁はむき出しのコンクリートで得体の知れない染みと亀裂が不可思議な模様を描いている。一泊六十バーツ（約百六十円）ではこんなものだと割り切るしかない。窓が小さくガラスも埃《ほこり》で曇っているので昼間でも薄暗い。部屋の真ん中に裸電球が一つ吊《つ》るされていて、薄い光をおぼろげに放ちながら、ときどき明滅をくり返す。

トオルは時間を確かめようとしたが、昨日腕時計を盗まれたことを思い出して舌打ちをした。まあ、いい。携行品の盗難保険に入っている。帰国する直前に警察に駆け込んで盗難証明を出してもらおう。ロレックスの時計と新型のモバイルパソコンとデジカメを入れたヴィトンのボストンバッグということにしておけば数十万円はおりるだろう。トオルは帰国するたびにその手を使って次の旅行費用に充てていた。

トオルは虚空《こくう》に向かって生熱い息を吐き出すとランニングシャツを脱いだ。久しぶりにシャワーでも浴びて身体を冷やすか……。

体全体が冷気を欲している。燻《いぶ》されたような熱気が蚊の大群のようにまとわりついて離れない。プノンペンで彫った腕のタトゥーがしぼり出された汗玉をはじいている。

ここはバンコク。タイの首都。乾期。

この時期は酷暑となる。夜の温度が体温を超えることだってある。肌を炙《あぶ》る日差しはないが街全体が余熱で燻られている。その空気は淀んで饐《す》えた臭気で満たされている。

昼は急性の熱、夜は慢性の熱。

トオルは黄ばんだタオルを肩に掛けると扉の南京錠を外した。この南京錠は自前である。バンコクの安宿が提供するセキュリティほど当てにならないものはない。泥棒にキャッシュカードの暗証番号を決めてもらうようなものだ。

部屋の扉を開けて仄暗《ほのぐら》い廊下に出る。部屋の中とはまた違うカビ臭く生ぬるい空気が頬を撫《な》でた。トオルの部屋は二階のいちばん奥にあった。薄暗い廊下を進めばつきあたりが階段になっている。廊下の両側にはトオルの部屋と同じような部屋がいくつか並んでいて、その中でバックパッカー《貧乏旅行者》たちは熱帯の夜気に苦しんでいる。

突然、階段にいちばん近い部屋の扉が開いた。クロケンの部屋だ。本名は知らないがここの住人たちは彼のことをそう呼ぶ。四十代後半のオヤジでバンコク生活は長い。バックパッカー初心者から騙《だま》し取った金とその他諸々《もろもろ》の悪事で稼いだ金で生計を立てている。周囲の評判はすこぶる悪い。三十年の人生で出会った人間の中でも三本の指に入る悪質なオヤジだ。

扉の奥から影が現れた。

トオルは充血した目をこらす。廊下の電球も仄暗い上に点滅をくり返すので、輪郭《りんかく》がおぼろになって視界がはっきりとしない。クロケンかと思ったがそうではない。

女だ。

女がゆっくりと部屋から出てきた。

厚い黒髪が腰まで垂れ頬を覆っているので横顔が見えない。陰なのか汚れなのかよく分からないが煤《すす》けた白のワンピースを纏《まと》っている。いや、袖もスカートもゆったりとしていてネグリジェにも見える。ところどころ赤茶けた染みが附着している。背中も腰も老人のように曲がっているので身長も体形もつかめない。

電球の点滅が女の姿を照らし出してはかき消し、また照らし出す。女は曲がった身体を不安定にくねらせながらギクシャクと部屋から出てくる。まるでいかれたマリオネットのようだ。そのたびに長い髪がゆらゆらと揺れる。

トオルは目をこすった。女は扉を閉めると不気味な動きで階段を下りていった。一度もこちらを向くことがなかったので顔は見えなかった。

どうせ娼婦に違いない。バンコクではコンビニより娼婦を探す方が簡単だ。

トオルは気を取り直してシャワー室に向かう。クロケンの部屋の前を通過したとき彼に金を貸していることを思い出した。あいつは催促しない限り自分からは返さない。だから忘れないうちに取り立てておく必要がある。

トオルは大きく息を吸い込むとクロケンの部屋をノックした。

「クロケンさん！」

返事はない。電球だけがバチバチと音を立てて点滅している。明らかに居留守を使っている。苛立ちが体温を上げて不快な暑さに拍車をかける。トオルは扉に手をかけた。ドアノブを握る手にぬるりとなま暖かい感触が走る。思わず手を離して指先を見ると赤黒いものがじっとりと滲《にじ》んでいた。なま暖かいそれは鉄錆《さび》のような臭いがした。

トオルはドアから離れると階段を駆け下りた。階下に女の姿はなかった。シャワー室に入って血の付いた手を念入りに洗う。

黒髪の女が脳裏によみがえってきた。異様に厚くて長い髪といい、服装といい曲がった体《たい》軀《く》といい、きっとまともな女じゃない。それにクロケンだってそうだ。騙されたり強請《ゆす》られたりしてあの男を恨んでいる人間は少なくない。

「やっぱ、殺されてんだろうな、クロケン……」

トオルは唇を噛んだ。このままでは自分が犯人にされてしまうかもしれない。さっそくこのホテルを出よう。しばらくここを離れた方がいい。

「ちくしょう。俺は関係ねえぞ」

トオルは何度も何度も指をこすりながらつぶやいた。

1

週末のパンティッププラザは老若男女でごった返していた。一橋隆史《ひとつばしたかし》は館内の熱気にむせながらも人混みをかき分けて奥へ進む。プラザは六階建てのビルで、階上から一階のグランドフロアを見下ろす吹き抜け式になっている。一階には小さな露店がひしめき合い、二階から上はブース式のテナントになっている。

プラトゥナーム市場からペッチャブリー通りを東方向に五分も歩けば、このビルを見つけることができる。

パンティッププラザはバンコクの秋葉原と呼ばれ、館内にはパソコン本体やパーツやソフトウェアなどが溢《あふ》れかえっている。いわゆる電脳マーケットである。入り口にはオープンカフェがあり観光客やら待ち合わせやら、大きな箱をいくつも抱《かか》えた買い物客でごった返し、体感温度と不快指数をはね上げている。初めて中に入ればその混沌ぶりに誰もが驚くであろう。混沌は店の配置、売り手買い手の人種だけではない。それは商品にも及んでいる。

一階のグランドフロアで特に目につくのが海賊ソフト（違法コピーソフト）である。正規の値段で買えば数万円もするソフトが一枚のＣＤに十個ほど詰め込まれているのだ。そんなＣＤが日本円でたったの五百円で売られているのだからソフトメーカーもたまったものではない。日本なら即摘発だが、ここではそんな店が縁日の夜店のように並んでいる。

「一橋さん、こっちこっち！」

二階の踊り場から身を乗り出して、男が手を振っている。一橋は手を上げて合図を送る。階上の男は何度もうなずいた。

高田《たかだ》一郎《いちろう》。二十九歳だが百六十センチという小柄な身長と童顔のため実年齢より若く見える。パソコンやネットに精通する電脳オタクだ。そんな彼は皆から「マイコン」と呼ばれている。

「どこに行ってたんですか。ちゃんとついてきてくださいよ、もぉ」

人混みを強引にかき分けてエスカレーターを上る。やっとのことでマイコンのもとへたどり着く。頬を膨《ふく》らませて待っているマイコンに一橋は「すまん」と謝った。一橋は取り立ててパソコンやスマホといった電脳系に興味があるわけではない。今日は暇つぶしにマイコンの買い物につき合っているだけだ。そうでもなければこんな所に一人で来ることはない。

「それにしてもすごい人だな」

客の中には僧侶も交じっている。いかにもタイらしい風景だ。

「海賊版が出回るのはソフトメーカーのセキュリティの問題であって、著作物を守りたいのであれば安易には破れないセキュリティを構築すべきだ。それもできずに海賊ソフトを売り買いする人間を責めるのは筋違いである」がマイコンの持論だ。もっともそのセキュリティを破ることに情熱を注いでいるのもマイコン本人だが。

今度ははぐれないようにマイコンのすぐ後ろをついていく。エスカレーターで三階に上るが、ここはグランドフロアとは違い閑散としている。踊り場から階下を覗き込むと、大きなブースや展示会の周りに人だかりが集中してまるでどこかの博覧会のようだ。一橋はマイコンについて奥へと進む。奥に行けば行くほど店の雰囲気も怪しくなっていく。

ショーウィンドウには子供たちだけでなく大人たちも欲しがるような最新式のゲームマシンが並んでいた。ファミコン世代の一橋も興味をそそられた。

「欲しいんだよね、これ。金ないけどさ」

「このマシンはパチモノですよ」

一橋が眺めていると、マイコンがゲームマシンの一つを指さした。三ヶ月前に発売されたばかりのゲームマシン『ジュピター』がその斬新なデザインで彩《いろど》られた本体を披露していた。高性能グラフィックエンジン搭載でネットワークにつなげることもできる。

「パチモノ？」

マイコンのいっている意味が分からなかった。

「一見するとジュピターだけど中身はファミコンなんですよ。つまりファミコンの基板にジュピターのカバーをかぶせてあるだけです。まだ出たばかりだけど、数年後にはパチモノマニアのコレクターズアイテムになっていますよ。モノによってはプレミアがつくこともあるんです。僕もそれで随分ともうけましたけどね」

そういってマイコンは呵々《かか》と笑う。マイコンは金を借りに来たかと思えば、突然羽振りが良くなったりする。怪しげなネットオークションで荒稼ぎをしたこともあるらしい。

「相変わらずだね、君は」

一橋はマイコンの背中を叩いた。

マイコンは電脳オタクではあるが、年賀状作成とか表計算なんてものに興味を示さない。彼はコンピューターウィルスを作り出してばら撒《ま》いたり、ネット上の個人情報を盗んだり、アンダーグラウンドなソフトを収集したり作成したりと、およそ健全とはいえない方面に情熱のすべてを傾ける。

大きな事件が起こるたびにそれを茶化すような通称「不謹慎ゲーム」を開発してネットに流している。最近でも多数の被害者を出した通り魔殺人事件をモチーフにしたシミュレーションゲーム「シムゆとり」を開発した。このゲームは日本の報道番組にも取り上げられたようで、司会者に「不謹慎極まりない」と唾棄《だき》されていたそうだ。

その情熱を正しい方へ向けてやれば、こんな街で油を売っていることもないだろうに……。この街で無為徒食《むいとしょく》の生活を送っている連中にロクなやつはいない。日本の社会から脱落した者、逸脱した者、家族を捨てた者、捨てられた者……。自分もその中の一人だと気づいて一橋は苦笑した。「早起きして汗水垂らしてくそ真面目に働くことがバカバカしくなる」というこの国の毒に冒されて、ここにいついてしまった。一度キリギリスになってしまうとアリには戻れない。

「そろそろ一年ですねえ」

マイコンが一橋の顔を見上げた。身長百七十五センチの一橋はマイコンを見下ろす形となる。

「一年ってなにが？」

「一橋さんがミカドにやって来てから」

ミカドとは一橋とマイコンが定宿としているホテルの名前である。世界中の貧乏旅行者、いわゆるバックパッカーが集まるカオサンにミカドホテルはある。ホテルといえば聞こえがいいが、一泊五十バーツ（約百三十円）というバックパッカーの間でも最底辺とされている伝説のゲストハウスだ。ゲストハウスとはバンコクに星の数ほどに存在する安宿のことである。バンコクはホテル天国でその数は把握《はあく》し切れないほどに多い。サマセット・モームら世界の文豪たちが愛用したオリエンタルホテルなどの五つ星ホテルからミカドのようなマイナス五つ星までクオリティの幅も広い。

マイコンは年齢は二つ下だが、バックパッカーとしては一橋の先輩である。

「一橋さんって日本にいたときは正社員だったんでしょ。そこそこイケメンだから女にもモテそうなのに、なんでこんな所でくすぶってるんすか」

「いろいろあったんだよ。あれからもう一年になるんだなぁ」

タイには日本のような四季がない。乾期と雨期の区別があるも毎日毎日、炙られるような暑さがだらだらと続く。仕事もしないでメリハリのない毎日を送っていると曜日や日時に対する興味も薄れてくる。気がつけば正月もクリスマスも誕生日も半年前に終わっていたりする。

「ところで一橋さん。ティッシュもってませんかね？　腹痛くなってきた」

突然、マイコンが腹を押さえながらモジモジしている。一橋は急いでポケットを探る。こんなときのために日本を出る前に路上で配っているポケットティッシュを大量にもらっておいたのだ。一橋はポケットティッシュを一つ差し出した。

「うん？　ところでなんの似顔絵ですか、これ？」

「さあ？　なんかの事件の犯人じゃないの」

マイコンがポケットティッシュの包装になっている似顔絵を指さした。消費者金融「ハッピーバンク」のロゴマークが右上隅に置かれて、包装のほとんどは男の似顔絵で占められていて「強盗放火殺人犯」とある。

「アンパンマンみたいですね」

似顔絵の男はふっくらとした丸顔だった。目は切れ長だが、このふっくら感が柔和な印象を与えている。

「あははは。たしかに似てるね」

一橋は似顔絵を見ながら笑った。

「やべえ！　ちょっと行ってきます！」

マイコンはポケットティッシュを奪うように取るとトイレに向かって走っていった。

2

一橋とマイコンを乗せたトゥクトゥク（三輪タクシー）はバンコク名物の渋滞に巻き込まれながらもなんとかカオサンにたどり着いた。カオサン通りの前に立つとパンティッププラザとはまた違った熱気を感じる。

カオサン。

世界中のバックパッカーの聖地と呼ばれている。カオサンとは地名ではない。チャクラポン通りとタナオ通りを結ぶ長さにして二百メートルほどの通りの名前である。レオナルド・ディカプリオ主演の映画『ザ・ビーチ』の冒頭でも舞台となっている。ディカプリオ演じる主人公は一橋たちと同じバックパッカーだった。

八十年代後半あたりからそれまでマレーシアホテル周辺を拠点にしていた白人のバックパッカーたちの間で人気が高まり、九十年代にはいると日本人も増えてきたらしい。タイの旅行雑誌を開けば間違いなくカオサンの記事が掲載されているだろう。

おしゃれなカフェやホテルが建ち始めて、ただの貧乏旅行者のたまり場だったカオサンはいまや観光スポットの一つになっている。オリエンタルやシェラトンなど、高級ホテルに宿泊している小ぎれいな連中がやってきては、つかの間のバックパッカー気分を堪能《たんのう》していく。

道の両側には大小さまざまな安宿が櫛比《しっぴ》して世界中からやってくる貧乏旅行者、バックパッカーたちのねぐらとなる。

格安航空チケット屋も多く、ここを拠点に彼らはインドやラオスやカンボジアなどアジアを放浪するのだ。全体として白人が多いが、日本人もよく見かける。日本語が通じる店もあって日本語の看板も多い。特にゲストハウスの看板は派手で建物を埋めてしまうほどにびっしりと並んでいる。これだけあればよほどのことがない限り宿にあぶれることはない。ここは世界一の安宿街なのだ。コンビニやドラッグストアもあって生活するにもこの上なく便利だ。夜になると通りの両側には露店が立ち並び、さらに多くの人たちが押し寄せてきてその熱気は冷めることはない。バーも二十四時間営業でお祭りは一晩中続き、眠らない通りとなる。

全体的に若者が多くて、古くからバンコクに巣くっているオヤジたちはカオサンの熱気と活気を嫌い、マレーシアホテル周辺やヤワラー《中華街》でくさっている。

饐えた体臭とドブの臭いと排気ガスは熱気に温められてさらに空気を淀ませていく。なのに熱帯植物の甘い香りがする。この空気が人々のよこしまな欲望を煽《あお》っているのかもしれない。この場にいるだけで暗い欲望が炙り出されてくる。

セックス。ドラッグ。

日本で良識ある生活を送っている者でも、この国へ来ればその欲望がむき出しにされる。気がつけば理性のリミッターが外れて、飽和状態だった鬱屈《うっくつ》をすべて吐き出してしまう。わずかな金で日本では満たされない欲望を発散できる。この街はどんな人間でも微笑みで受け入れてくれる。

仕事もせず惰眠《だみん》をむさぼり、起きている間は娼婦の置屋《おきや》に通いつめる。またはクスリで夢幻《むげん》の世界にいってしまう。そして彼らは女のため、クスリのために帰りの飛行機のチケットまでも質屋に売ってしまう。典型的な堕落のプロセスだ。バックパッカーの間ではこういう転落を「沈没」と呼ぶ。

一橋も沈没組だ。どんな堕落でも受けいれてしまうというバンコクの毒に冒されてしまったのだ。時間はゆっくり流れて、人々はたおやかに微笑む。せこせことした秒刻みのスケジュールにも、くだらない人間関係にも、本音と建て前の社会にも束縛されずに生きていける。

もう日本では生きていけない。

これがこの街の毒だ。この淀んだ甘い空気が毒なのだ。

一橋とマイコンはインターネットカフェとコンビニに挟まれた細い路地を曲がり奥の方へ進んでいく。カオサン通り沿いだけでなく、裏路地の方にもゲストハウスはひしめいている。宿泊料金も百バーツもいらないところもあれば、千バーツ近いところもある。もちろん限られた資金でできるだけ長く滞在するのであれば、安いにこしたことはない。しかし、料金が安ければ、それは設備にストレートに反映される。エアコンやトイレ、シャワーがつけばそれなりの料金になる。

路地をしばらく進むと車三台ほどの小さな広場に出る。広場を取り囲むようにして四軒のゲストハウスが並んでいる。どの建物も旅行初心者が入るのをためらってしまうほどに古くて汚いが、その中でもひときわみすぼらしいのが我らがミカドホテルだ。

まるで空爆をうけたように壁の表面が真っ黒に煤けている。ところどころ壁が崩れて建物というより瓦礫《がれき》に近い。昔、火事があったようだがたいした補修はされずに、そのまま残っている。

二階に掲げられた錆に侵された看板にはなぜかカタカナで「ミカドホテル」とある。しかしよく見るとミカドの「ミ」が漢数字の「三」になっている。オーナーが「ミカド」と呼んでいるのでそれでいいのだろう。名前の由来は不明だ。

カオサンでは最底辺のゲストハウスで、もともとは倉庫かなにかだった建物を板で無理やり仕切って部屋にしたような宿である。内部の板も柱も腐り始めて異臭を放っている。外見は瓦礫だが、中身は廃墟《はいきょ》といったところだ。壁には得体の知れないツタがからまり、ところどころ食虫植物のような花を咲かせている。

当然エアコンはないし、トイレ、シャワーもかろうじて共同だ。かろうじてというのは、シャワーはお湯が出ず、水も滴るほどにしか出ない。だからほとんど使い物にならない。

ホテルの入り口の前で初老の男がビーチベッドを広げて寝そべっていた。胸のポケットにモンブランの万年筆マイスターシュテュックが場違いに光っている。顔の上に麦わら帽子を置いていた。

一橋は「ロクさん、ただいま」と声をかけた。

「やあ、お帰り」

男は帽子をどかすとまぶしそうな顔をして一橋とマイコンに手を上げた。

「ロクさん、死体博物館の取材はもう終わったんですか？」

一橋はむっくりと起きあがろうとする男に聞いた。

「ああ。ちょっと前に帰ってきたところだよ」

男は上半身を起こすと背伸びをしながら大きく欠伸《あくび》をした。

竹下六郎《たけしたろくろう》。通称ロクさん。つい最近、還暦《かんれき》を迎えたばかりだ。頬から顎《あご》にかけてたくわえられたもっさりとした顎鬚《ひげ》が特徴で、牛乳瓶のように分厚い黒縁メガネをかけている。フレームの折れた部分はセロハンテープを何重巻きにもして固定されている。くたびれたラルフローレンのポロシャツ（コピー商品）に色あせたジーンズ姿は一昔前の貧乏大学生を思わせる。これでも慶應大学卒のインテリらしい。

ちなみにマイコンというあだ名をつけたのもロクさんだ。七十年代から八十年代にかけてパソコンはマイコンと呼ばれていたらしい。マイクロコンピューターの略である。一橋もそのころのことはよく知らない。

「どうでした？　死体博物館は」

死体博物館とはシリラート大学病院の中にある、結合双生児や無頭症などの奇形胎児のホルマリン漬けや人体の輪切り肉片を部屋中に展示した博物館である。

「今日は面白かったよ。社会科見学の中学生のグループが来ててね、そのうちの一人がこっそりと標本瓶の中から胎児を取り出してポケットに入れちゃったんだ。少年のあとをつけて外で聞いたんだけどね」

どうやらこのオヤジは不謹慎きわまりない少年に注意もせずにことの成り行きを確認したらしい。

「なんでも胎児は高く売れるんだって。それを売ってゲーム機を買うんだってさ」

それを聞いたマイコンが、手を叩きながらヒャッヒャッヒャと笑う。

「聞いたことありますよ、それ。中国人は胎児をすりつぶして滋養強壮剤にしているそうですね。闇マーケットでは結構高く取引されているらしいですよ」

胎児、幼女、臓器、死体……。この国ではなんでも金になる。それにしても奇形胎児のホルマリン漬けとは……。

「いやあ、面白いネタを見つけて良かったよ。死体博物館なんて旅行雑誌でずいぶん使い古されちゃってるからさ。実際、ネタに困ってたんだ。『胎児を盗む子供たち』ってなかなかいいと思わない？」

鬚面は嬉しそうに一橋を見る。一橋は「はあ」とため息で返事をした。胎児を売って小遣《こづか》い稼ぎに勤《いそ》しむ中学生。ステキすぎる。

ロクさんはフリーライターである。主に旅行関係の記事を書いてそのわずかな原稿料で糊《こ》口《こう》をしのいでいる。著作も数冊あるがほとんどが絶版になっているため、古書店に行かないと手に入らない。彼のバックパッカー歴は四十年近い。まさに貧乏旅行の先駆者であり重鎮《じゅうちん》なのだ。

そして一橋がバックパッカー生活を始めたきっかけも図書館で何気なく手に取ったロクさんの著作だった。

旅行初心者だった一橋に貧乏旅行のノウハウを伝授してくれたのもロクさんだった。ここへ来た当初は分からないことだらけで、心細い思いに押しつぶされそうだったがいつでも力強い味方になってくれた。

レートのいい両替商、格安の航空チケット屋、日本語の通じる良心的な病院、タイ人女性の口説き方、貴重品の携行方法、悪徳警官とトラブルを起こしたときの対処法、美味しくて安い屋台などなど。ここで生活していく上での智恵をロクさんに教わった。

髪も鬚もぼさぼさで近寄りがたい体臭を発するが、とても面倒見が良くて彼を頼ってくる人間も多かった。いまでも帰国した元バックパッカーたちから多くの手紙が届く。その中には会社を興して大成功した者たちも少なからずいたりする。一橋がこんなホテルに甘んじるのも、ロクさんがいるからであった。

「それはそうとクロケン死んじゃったんだって」

ロクさんは肩をすぼめながら言った。

「マジですか？」

一橋とマイコンの声がぴったりと重なった。

クロケンはヤワラー《中華街》のゲストハウスに投宿している、日本人バックパッカーの間ではちょっと有名なオヤジである。そこもミカドに引けを取らないほどに劣悪な宿だが、当の本人はさらに劣悪だ。彼に関しては騙された、強請られた、たかられたなど黒い噂ばかりが届いてくる。心細い思いをしているバックパッカー初心者から金を騙し取るとは貧乏旅行者の風上にも置けないのだが、この街では騙されるやつが悪いという暗黙のルールもある。それだけに彼を恨んでいる者も多い。

「殺されたんだって。自室で刺されたらしいよ」

ロクさんは親指で首筋を掻《か》き切る仕草をした。

「ブラボー！　犯人にノーベル平和賞をあげましょう！」

マイコンは愉快そうに手を叩いた。乾いた音がぼろホテルに囲まれた広場に反響する。

「で、犯人は捕まったんですか？」

「一橋くんはトオルって知ってるだろ」

トオル。行きつけの屋台で何度か顔を合わせたことがある。年齢も近かった。ガンジャ《大麻》の吸い過ぎでいつも目が充血していた男だ。クロケンと同じヤワラーのホテルに投宿していると本人から聞いた。

「まさかトオルが犯人なんですか？」

「いやいや違う違う」

ロクさんが手を振りながらいう。

「どうも犯人を見たらしいんだ。クロケンの部屋から腰の曲がった長い黒髪の女が出てくるのを見たんだって」

「きっとそいつは娼婦強盗ですよ。その女もバッカですよねえ。あんなオヤジ殺しても財布の中身はしけてんのに」

マイコンが苦笑いをする。

「財布もパスポートも手つかずだったみたいだよ」

「それなら、エッチが終わって料金を踏み倒そうとしたんだ。それか変態プレイを強要したとか。いつかはこんなことになるんじゃないかって思ってましたけど。ま、いいじゃないですか。あのオヤジも大好きなバンコクで死ねて本望でしょ」

マイコンが不謹慎に追い打ちをかける。もっともクロケンを知る旅行者の多くはマイコンと同じことをいうだろう。この街で日本人旅行者が事件に巻き込まれることは少なくない。そのほとんどは強盗やスリや詐欺のたぐいだが、中には命を落としてしまう者もいる。

「どうもこんにちは」

突然、背後から女性の声がした。一同ふり返る。タンクトップにホットパンツ姿の女性が立っていた。

「やあ、春菜《はるな》ちゃん」

ロクさんが嬉しそうに声をかけた。マイコンは顔を赤らめてうつむく。そんなマイコンを見て一橋はくすっと笑った。

「いつ帰ってきたの？」

「昨日です。夜遅くなっちゃいましたけどね。なんとか無事に戻ってこれました」

若槻《わかつき》春菜。二十四歳。小さめながらもくっきりとした二重瞼《ふたえまぶた》のつぶらな瞳にすっと通った鼻筋、毛先にウェーブのかかった染めてない髪は白々とした肩にかかっている。整っているが、美しいというより可愛らしいといった顔立ちである。仄かに赤みのかかった頰の膨らみは少女らしさを残している。まだ十代でも通りそうだ。ロクさんの数少ない女性読者ファンだ。彼女もロクさんの書いた記事を読んでカオサンにやって来た。バックパッカー歴はまだ半年だが、ここ一週間くらいかけてインドまで足をのばしてきたらしい。

「で、どうだった？　インドは」

ロクさんがビーチベッドから立ち上がる。春菜は大きな瞳を輝かせながらロクさんを見た。

「もうほんっとに人生観が変わりました。ふかーい哲学がこもった国っていうか。もしかしたら私の死に場所ってあそこなんじゃないかって思ったわ」

よほど深い感銘を受けたのだろう。それからしばらく春菜は興奮気味に一週間の体験を熱く語り出した。

いつもなら「たった一週間の旅行で自分が変わったなんて単なる妄想だよ」とか「ちょっと海外旅行したくらいで自分が特別だと思いこんでいるだけでしょ」など貧乏旅行話には辛《しん》辣《らつ》なツッコミをいれるマイコンが、春菜の話に相づちを打ちながら熱心に聞き入っている。

春菜はロクさんの紹介で同じカオサンの女性専用のゲストハウスに宿をとっている。人気のゲストハウスなので予約を入れるのが難しいが、ロクさんが顔を利《き》かせてあげたのだ。ロクさんはそのホテルのオーナーと顔見知りだ。

ミカドホテルの住人にも春菜のファンは多い。艶《つや》やかな髪を後ろで束ねていて、汗ばんだ胸元がなまめかしい。インドで買ったという革のネックレスが揺れている。

一橋は春菜のことを妹みたいに感じていた。どことなく東京にいる実の妹に似ているからかもしれない。

春菜はもともとは大手商社のOLだったそうだが、仕事を辞めて日本を飛び出した。一流企業OLという肩書きを捨ててどうしてバックパッカーをやろうとしたのか、何度聞いても本人は言葉を濁して教えてくれない。大失恋の末の傷心旅行だというのがミカドホテル滞在者たちの見解だ。ちなみにマイコンが先月、住人の見ている前で一世一代の告白をしたが「ごめんなさい」と一蹴《いっしゅう》されてしまった。それでも「あの日は生理中だったから機嫌が悪かったに違いない」と本人の怒りを買いそうなむなしい解釈を主張して、次なるチャンスを狙っている。

「ところでクロケンさんが殺されたって本当ですか？」

春菜が眉をひそめながら聞いた。

「こういう噂って早いね。もう知ってるんだ」

「はい。カルカッタのインターネットカフェで。掲示板に書き込まれていたからびっくりしちゃいましたよ」

「カオサンもやっぱり物騒ですよね。この前も若い女の子が殺されたばかりだし」

春菜が身をすくめながらいう。この街は一人旅の若い女性にとって決して安全とはいえない。彼女たちが見せるスキを虎視眈々《こしたんたん》と狙っている輩は多い。クロケンもそんな輩の一人だった。

「僕が守るから！」

突然、いままで黙り込んでいたマイコンが叫んだ。煤けた建物に囲まれた小汚い広場にマイコンの声が反響する。住人たちが何事かと窓から顔を出す。一橋たちは目を丸くした。

「僕が春菜ちゃんを守るから！」

マイコンが胡散臭《うさんくさ》い瞳を清々しく輝かせ、妙に爽やかな笑顔で高らかに宣言する。

「あ、ありがとう、マイコンくん……」

春菜が慌ててつくったような笑顔を向けながら半歩あとずさった。

3

三日後。

熱帯の空気は甘い。

大きく息を吸い込むと蘭のような甘ったるい香りがする。脳みそがとろけるような感覚に襲われる。長い間、この空気に身を晒《さら》すと地道に生きるとか、歯を食いしばって頑張るとか、血の滲むような努力をするとかいう言葉を聞くだけで虫酸《むしず》が走る。実際、これらに類する言葉がタイにはないようだ。なんといっても「マイペンライ（気にしない）」の国なのだ。

セントバーナードとダルメシアンとチワワをかけ合わせたような奇妙な犬が終わりなく続く暑さに辟易《へきえき》しているように日陰でだれている。目はどんよりと覇気がなく、人を見れば狂ったように吠えながら飛びかかろうとするくせに、足取りがおぼつかない。歩けばすぐに壁にぶつかったり、つまずいてこけたりドブにはまったり、と見ていて飽きない。

一橋は、ホテル入り口前に置いてあるくたびれたビーチベッドに寝そべりながら大きな欠伸をした。

今日はなにをしようか……。

日本を飛び出して約一年。最初のころは物珍しさにタイの王宮や寺院巡りをしたり、ラオスやミャンマーの国境まで足をのばしたり、北部の山岳民族の村を訪れたりと充実した毎日を送っていた。

しかし最近では昼まで寝て、起きれば置屋を冷やかしに行って、屋台で飯を食って、また置屋に行って、カオサンの連中と遅くまでだべって眠たくなったらホテルに戻る、のくり返しだ。

「あの、すみません……」

声が聞こえたので慌てて上半身を起こすと、見知らぬ男が立っていた。全体的に定規を当てて彫り出したような直線的でシャープな顔立ちだった。顎も体形もカンナで無駄な贅肉《ぜいにく》を削《そ》ぎ落としたようにすっきりと引き締まっている。顔も体も小麦色にやけて健康的なイメージだ。年齢は二十五前後だろう。

「ここって空《あ》いてますかね？」

男は小柄だった。身長百六十センチのマイコンとどっこいどっこいだろう。ただ暗黒系旅行者であるマイコンにない爽やかさと清潔感がある。この違いは大きい。

「空いてるってミカドホテルのこと？」

一橋はミカドの入り口を親指でさした。「はい」と男が答えた。

「いいの？　あんまりお薦めできる所じゃないけど」

「ここがいちばん安いって聞いたから」

「変な人多いよ、ここは。それに旅行初心者にはきついと思うけどね」

「アジアへ来てから一年以上たちますから。大丈夫ですよ」

さっぱりと小ぎれいな格好をしているから、てっきり初心者だと思ったがバックパッカー歴においては一橋と変わらない。

「小林《こばやし》といいます」

小林が手を差し出してきた。

「一橋です」と自己紹介して握手をする。小林の手はひやりと冷たかった。

「あれ？　どなた？」

ホテルの中からロクさんとマイコンが出てきた。小林は彼らにも握手を求めた。

*

小林の歓迎会はロクさんの部屋で行われた。

こうやってみんながロクさんの部屋に集まるのはイワモトさんの送別会以来だ。イワモトさんは半年前まで小林の部屋に滞在していた中年オヤジだ。精神科のドクターだといい張っていたが、ふだんの言動を見る限り患者としか思えない。

病的な正義感の持ち主で、置屋から娼婦を連れてきては本人が望んでもいないのに無理やりバンコクから脱出させようとする。イワモトさんにしてみれば、彼女たちを売春から解放してやらなければならないという強い使命感があり（そのくせやることだけはきちんとやる）、娼婦たちを無理やりホテルの中に匿《かくま》おうとする。

彼女たちにとってはありがた迷惑以外のなにものでもないのだが、暴走した使命感に燃えるイワモトさんは金もないくせにすっかり足長おじさん気分で、怒り狂った置屋の主人と取っ組み合いを始めてしまう。そのたびにロクさんや一橋が仲裁に入らなければならなかった。

ある日、北朝鮮関係のニュース番組を見ていたイワモトさんが突然、「将軍に一言もの申したい」といい出して「北朝鮮に行く」と荷物整理を始めた。ロクさんと一橋はバカなことはやめるようにと必死になって説得したが、他の住人たちがイワモトさんを煽ったのですっかり正義の英雄気取りになってしまい、次の日には雄々《おお》しくバンコクを発ってしまった。

「あれ以来、消息不明ですよねえ、イワモトさん、処刑でもされたかな」

マイコンが遠い目をしてしみじみという。

倉庫を適当に仕切っただけのミカドホテルでロクさんの部屋だけ窓がなかった。しかしオーナーがそれではあんまりと思ったのか他の部屋より広くとってある。だからみんなが集まるときはロクさんの部屋になるのだ。

広いとはいえ六畳ほどしかないからむさくるしい男が六人も入ればすし詰めだ。さらに住人たちの発する口臭や体臭は筆舌《ひつぜつ》に尽くし難《がた》い。春菜も呼んでやろうという声もあったが、一橋は反対した。いくらなんでもこれでは拷問部屋だ。天井からは裸電球が一つ吊るされていて、それが唯一の光源となっている。落盤したトンネルの中に生き埋めになった気分を味わえる。小林が防空壕に避難した子供のように不安げな顔で天井を見上げている。

ロクさんが乾杯の音頭をとる。それを合図に穴ぐらのような気の滅入る部屋での酒盛りが始まった。

「小林くんはここへ来る前はどこにいたんですか？」

早くも顔を真っ赤にさせたマイコンが小林に声をかける。

「最初は中国にいたんですが、それから陸路を通ってタイに入りました。先月までアランヤプラテートという所に滞在してました」

「ほお、アランヤプラテートにね。タイとカンボジアの国境の町だね。ここの闇市場は面白いよ。カンボジア流れの物資だからね。それでもポル・ポト時代を思うと随分と治安は安定しちゃったよ」

すかさずロクさんが薀蓄《うんちく》を傾ける。タイ専門のフリーライターというだけあって、タイの地理や歴史や社会情勢に関しては現地の大学生より詳しい。

「それから鉄道でバンコクに入りまして、ヤワラー《中華街》の旅社に投宿したんですが、近くのホテルで殺人事件があったので気味が悪くなってそこを出たんです。やっぱりバックパッカーの聖地かなと思ってカオサンへ」

中華系のゲストハウスを「旅社」ともいう。一般に旅社はカオサンのゲストハウスに比べると設備も環境も劣悪だ。もっともミカドホテルは例外であるが。

「殺人事件って……クロケンか」

マイコンがつぶやく。

「ヤワラーでもちょっとした騒ぎになりましてね。あそこのホテルには見物客がわんさと押しかけてきて、つばを吐いたり罵《ののし》ったりするんです。ひどいのになると彼の住んでいた部屋の扉に『死ね！』って落書きするんですよ。もう死んでるのに」

小林が整った顔をしかめながらいう。

「まあ、相手が相手だからねえ……」

ロクさんが苦笑を漏らしながら相づちを打つ。

小林がシンハビールを口に含んだ。クーラーのないこの部屋ではビールもすぐに生ぬるくなってしまう。むさくるしい男たちの体温がこの部屋の室温だ。

「それはそうと、皆さんを紹介してくださいよ。まだロクさんとマイコンさんと一橋さんしか知りませんから」

小林が住人たちを見渡しながらいった。

ロクさんと一橋はともかく、残りはお世辞にもまともな人間とはいえない。もっとも傍《はた》から見物している分にはこれほど面白い人たちもいないけど。

小林の要望を受けて、ロクさんが一人一人紹介を始めた。

「こちらは斎藤《さいとう》さん。外に犬がいただろ。あの犬は彼だけにしか心を開かないんだよ。すぐに噛みつこうとするから気をつけた方がいい」

斎藤さんが霞《かすみ》がかったような瞳を向けて「こんちは」と小さな声で挨拶をする。突き出た顎が特徴的でフランケンシュタインをガリガリに痩せさせたような風貌をしている。病的なほどに青白い肌と焦点の合わない目が不気味で、春菜も彼には極力近づかないようにしているようだ。ドラッグに沈没していて、合法から非合法まであありとあらゆるドラッグに精通している。三度の食事もすべてドラッグというから筋金入りだ。

好物はガンジャやマリファナなどの大麻系で、外の犬にもガンジャを餌として与えている。中毒に陥った犬は完全に斎藤さんのしもべと成り下がってしまい、彼以外の人間のいうことをきかない。もっとも足取りもおぼつかないあの犬では番犬にもならないだろう。

斎藤さんは「フィッツジェラルド」と名付けているが無駄に長いし由来は不明だし、そもそも名前負けしている。だからここの住人たちはシンプルに「ガンジャ犬」と呼んでいる。

こんな男だがもう四十代も後半だ。バックパッカー歴も長い。離婚歴があるが子供はいないそうだ。もっともこんな状態では養育費も払えないだろうからそれで良かったのかもしれない。

「ほとんど引きこもっちゃっているから、あまり見かけることもないと思うけどよろしく」

斎藤さんが蚊の鳴くような声で挨拶をすると、激しくふるえる手で小林と握手をした。本人は見かけないというが、幻覚を追いかけながら頻繁《ひんぱん》に廊下を徘徊《はいかい》しているので、住人の中ではいちばん目にする人物である。

暑いのかそうでないのか、小林の額から汗が滲み出ている。

「じゃあ、こちらはゴルゴさん。本名不明、国籍不明、年齢不明、経歴不明の謎の人物さ。聞いてもムダだよ。拷問にかけられてもしゃべらないみたいだから」

ロクさんが斎藤さんの隣に座っている筋肉質で精悍《せいかん》な顔立ちをした男を指さした。自衛隊員のようなたくましい体軀にスポーツ刈り。太い眉毛をつり上げてカミソリのように鋭利な目で相手をにらみつける。いつもなにかを警戒するように壁を背にして座る。

「ゴルゴ」という名前の由来は劇画の『ゴルゴ13』からである。本人もすっかりなりきっているようで、劇画のようにいつも押し黙ったまま葉巻を口にくわえている。一度、斎藤さんがゴルゴさんの背後に近寄ったら、いきなり空手チョップを食らわされた。劇画の『ゴルゴ13』も背後に忍び寄った人間を反射的に殴り倒す。それは暗殺者の本能的な行動だが、ゴルゴさんに限ってはちょっと違う。強面《こわもて》の男が背後に立っても決して手を出さない。どうやら相手を選んでいるようである。

見た目の雰囲気はどんな依頼もパーフェクトに遂行する世界的スナイパー・ゴルゴ13だが、実際の彼は全財産を置屋につぎ込むほどの風俗好きで、毎日のように通い詰めている。金がなくなると外人部隊の傭兵として稼ぐといっているが、ロクさんによれば大阪のコンビニでレジを打っていたという目撃情報も出ているらしい。

そんな彼に、変身願望が高じての妄想だと北朝鮮へと消えていった自称精神科医のイワモトさんが診断を下したこともあった。

「あのぉ、国籍不明ってどう見ても日本人にしか見えないんですけど……」

小林が一橋にささやいた。

「それはいわないでやってくれ。正体不明がウリなんだから」

一橋はこっそりと小林に耳打ちをした。

小林が「よろしく」とおそるおそるゴルゴさんに握手を求める。

「俺は敵に利き腕をあずけない主義なんや」

国籍不明のゴルゴさんは大阪弁で拒否した。春菜と初めて対面したときは強面の顔をあり得ないほどに綻ばせて、かなり長時間にわたって手を握って彼女に気味悪がられていたのもゴルゴさんだ。この人の発言と行動には一貫性がない。

「最後にチワワさん。カオサン随一の食通だよ」

見るからに大食漢の彼は身長百七十センチに対して体重は百キロを超えている。五厘《りん》刈りの坊主頭であるが、瞳は不気味な銀色を呈している。きめ細かく白い肌が白人を思わせるのは、祖母がロシア人であるかららしい。白い丸顔にぱっくりと裂けたような大きな口は、赤子くらいなら丸飲みにしてしまえそうなほどだ。白い肌に対して唇の血色が良くて、それがまた不気味に見える。

「な、なんで『チワワさん』ってあだ名なんですか？」

小林がロクさんに当然ともいえる質問をした。チワワさんの異様ともいえる風貌から愛くるしいチワワ犬は想像できない。

「そ、それは聞かない方がいいと思うけど……聞きたい？」

「い、いや……遠慮しときます……」

なにを予感したのか小林はハンカチで額を拭《ぬぐ》いながら辞退した。

賢明な選択だ。ただでさえ不快指数の高いこの部屋で、えぐい話はたくさんだ。

チワワさんは好意的にいえばグルメ探求者、一般的にいえば変態悪食家《あくじき》、もっと分かりやすくいえばゲテモノ食いだ。宮廷料理などには見向きもせず、犬やら猫やらネズミやらの小動物を主食とする。それも食用ではなくて、愛玩用動物が大好物だ。日本にいたころは動物愛護法違反で警察のお世話になったこともあるらしい。無理もないことだ。

不覚にも一度だけチワワさんの部屋で鍋の中身を覗いてしまったことがある。一橋はそれから一週間寝込んだ。いまでもそのごった煮が夢に出てきてうなされる。ちなみにチワワさんの名前の由来はずばり彼の大好物からきている。

「小林くんだっけ？　鍋好きかい？」

チワワさんは小林の背中を軽く叩いた。小林は顔を引きつらせながら「い……いいえ」と小さく答えた。「はい」と答えたら地獄を見るだろう。

「そして外でも紹介したけど、こちらがマイコンで隣が一橋くん。ここの住人ではまともな方だからなにか困ったことがあったら、彼らに聞いてくれたらいい」

小林が「ありがとうございます」と素直に頭を下げた。

「マイコンがまともかなあ」

一橋が首を捻《ひね》るとマイコンは心外だという顔をした。

「失礼な。こう見えてもモーツァルトやプッチーニのオペラを嗜《たしな》む文化人ですから」

「マイコンがオペラ？　本当かよ」

「一橋くん、それが本当なんだよ。僕も彼からオペラのCDを何枚か借りてるんだ。もちろん海賊版だけどね」

ロクさんの言葉にマイコンは勝ち誇ったような笑みを向けた。

「得意顔すんな」

マイコンにオペラなんてどうにもピンと来ない。一橋も有名な楽曲のタイトルくらいしか知らない。

一通りの自己紹介が終わり、歓迎会は歓談タイムになった。同じホテルに滞在していながら一同が集まるのは珍しいことである。特にトラブルメーカーのイワモトさんがいなくなってから、表向きには平穏な日が続いている。いい換えれば退屈な日々だ。

「一橋さん。面白いソフトが手に入ったんですよ」

マイコンが生ぬるくなったビールを一橋のコップに注いだ。

「ほう。今度はどんなんだい？」

マイコンはプログラミングだけでなく、ネットを通じてあらゆるジャンルのソフトウェアを集めている。世界中のソフト収集家とメールなどで連絡を取り合い、自分の手もちのソフトを提供するかわりに相手のソフトをダウンロードさせてもらう。そうやって手もちのソフトを増やしていく。彼らのやりとりはクローズドなので外部には出回らない。それだけに希少で高額なソフトが多い。インターネットにはそんなコミュニティが存在するらしい。

もちろん開発者の著作権を無視した行為であるから違法である。しかしマイコンは自分自身のパソコンにいくつものセキュリティを仕掛けてあるから、彼を特定することは実質上不可能に近い。マイコンのライブラリーに入っているソフトは建築関係や科学関係、軍事関係、医療関係、アート関係とまるで節操がない。遺伝子工学のソフトもあれば、核弾頭の軌跡を計算する軍事ソフトもある。もちろんマイコンがそれらのソフトを必要とするわけではない。あくまでも彼はコレクターなのだ。

「ドイツの医療メーカーで開発された美容整形ソフトなんですけどね。ありとあらゆる整形技術をパソコン上でシミュレートできるんですよ。なんでもメルセデスが一台買えてしまう値段らしいですよ」

マイコンのライブラリーの中には数百万円から数千万円するというソフトもある。さらには軍事機関が開発した国家機密ソフトもあるという。総額数億円以上という世界中のプログラムがこの朽ち果てたホテルの一室に眠っているのだ。

突然、チワワさんがうわっと叫んだ。斎藤さんがビールの入ったコップを落としてしまったらしい。目を真っ赤に充血させた斎藤さんが手を痙攣《けいれん》させている。クスリの禁断症状が出たようだ。

「ああ、もうしょうがねえなあ。誰かティッシュもってないか？」

ビールはチワワさんにも降りかかったようで、くたびれたランニングシャツに薄黄色い染みが広がっていた。

「これ使ってください」

一橋はポケットティッシュをチワワさんに渡した。チワワさんはティッシュで濡れた部分を押さえながら「サンキュー」と礼をいった。

「この放火犯ってまだ捕まっていなかったっけ？」

ロクさんがティッシュの包装を指さしていった。男の似顔絵が入っている。

「さあ……。犯人といえば、クロケンの事件はどうなった？　犯人は捕まったのか？」

チワワさんがいきなり話を変える。彼らにとって日本で起きた事件など遠い国の出来事なのだ。

「いや。まだそんな話聞いていないよ」

ロクさんが腕を組みながら答えた。

「長い髪の女って聞いたよぉ」

斎藤さんが両手で肩を抱いて寒そうにふるえながらいった。小林は心配そうに斎藤さんを見るが、いつものことなので誰も気にしない。

「どうでもいいけどさ。最近日本人がらみの事件多いよな。特にドラッグ中毒者がイっちゃった顔して街をうろつくのはやめてもらいたいね。俺たちまで同類と思われる」

チワワさんがちらっと斎藤さんを見ていった。斎藤さんは部屋の隅でブルブルとふるえながら座っている。おどおどした目は虚空をさまよい、彼にしか見えないコウモリの大群を追っている。

「人様のペットを鍋に入れるのもどうかと思うけどね」

ロクさんが一橋に耳打ちしてきた。それをしたたかに聞きつけたチワワさんは心外だという顔を向ける。

「動物を殺生して食う。これは人間のもって生まれた業《ごう》なんだよ。牛や豚は食べていいけど、犬猫はいけないって誰が決めたのよ？　牛だって犬だって同じ生き物なのにそれは差別でしょ。それにみんな分かってないんだ。本来可愛い動物ほどその肉は美味いんだよ。美味しいからこそ愛くるしい顔や仕草をして人間の愛護心を引き出して自分の身を守ってる。まさに自然の驚異だ。人間がペットを可愛がるのは動物の防衛本能に翻弄《ほんろう》されているに他ならない。さらにいえばそういう人間の独善的な愛護行為が生態系における食物連鎖のシステムを破壊している。食いたいときに食いたいものを食う。これが本来あるべき生態系の姿だ。可愛くないから牛や豚を食っていいという考えは霊長類の頂点にたつ人間の傲慢《ごうまん》に過ぎない！」

チワワさんがわけの分からない悪食論を熱く語り出す。今回はロクさんがロックオンされてしまったようだ。こんな話を数時間も聞かされると、自分もチワワを食ってみようかという気になるから怖い。チワワさんは相手が納得するまで何時間でもしつこく食い下がってくる。ほとんど洗脳だ。

「なんだかすごい人たちの集まりですね。シュールなコントを見ているようです」

小林が一橋にビールを注《つ》ぎにきた。

突然、隅でうずくまっていた斎藤さんが体内で小爆発が連発したようにビクンビクンと痙攣を始めた。まな板の上の魚がはねているようだ。

「だ、大丈夫なんですか？」

小林がおそるおそる斎藤さんを指さす。

「いいの。いいの。いつもの発作だから。それより、ようこそミカドホテルへ。歓迎するよ」

一橋はビールの入ったコップを小林のコップにぶつけた。コップは心地よい音を立てる。

「はい、みなさん！　こちら向いて！」

突然、マイコンが手を叩いた。部屋の中に稲妻が落ちたように、まぶしい光が瞬《またた》いた。デジカメのフラッシュだ。海賊ソフトでもうけた金で買ったという、マイコン自慢の高級一眼レフのデジカメだ。チワワさんはしばらくカメラ目線を送っていたが、ロクさんの方に向き直ると脳みそが溶けそうな話の続きを始めた。

4

路上ではホームレスたちが熾烈《しれつ》なパフォーマンス合戦をくり広げていた。両腕がない者、両足がない者、中には足が一本しか残っていない者もいる。果たして本当に事故で失ったのかは分からない。この国ではホームレスとして生きていくために、生まれて間もなく親に四肢を切断されてしまう子供もいる。

それだけに彼らも競争が熾烈である。

目の見えない男はラジカセにマイクをつけて歌を披露する。小人症の老人は首に縄をつけて、仲間にひっぱりまわしてもらい周囲からささやかな同情をかっている。両足のない者は口に金の入ったコップをくわえて、路上を這いずり回る。

ロクさんが男のコップの中に一バーツ硬貨を投げ入れた。一橋もそれにならう。

「それにしてもホームレスも多いけど、お金を恵んでやる人たちも多いですね。若者たちもけっこうお金をいれてる」

日本ではこの国ほどホームレスを見かけることがないが、それ以上に施しをする人を見ることは稀《まれ》だ。

一橋がそれについて話すと、

「それは宗教観の違いだよ」

とロクさんは答えた。

「日本が大乗仏教なのに対してタイは小乗仏教だ。知ってるよね？」

はいと一橋はうなずいた。

釈迦の没後、五百年の時を経て仏教は二つに分かれた。簡単にいえば、出家して厳しい修行をした人だけが救われるという思想が小乗仏教（最近ではこの名称は蔑称とされ「上座部《じょうざぶ》仏教」とも呼ばれる）、多くの人が救われるという思想が大乗仏教である。このくらいは学生時代に世界史で習ったので知っていた。

「この国の仏教では僧侶になって厳しい修行を重ねないと救いを得られないという考え方なんだ。それってこの国の人間になじまないと思うし、そもそも仕事をもっている人たちが修行なんてできるわけない。それに女性は僧侶にはなれない。そこでタムブンというシステムがある。簡単にいえば、寺や僧侶、ホームレスたちに喜捨《きしゃ》することで徳を積んでいくというなれるってわけ」

ものだ。まあ、いわば善行による徳の長期貯金なわけで、徳がたまっていけば来世は幸福に

「へえ、なんだか家電量販店のポイントカードみたいですね」

「分かりやすくいえばそうなんだよ。たまったポイントでもらえる賞品が来世の幸福度なんだよ。だけど最近のタイ人たちは売春などの悪行を、喜捨することによってチャラにするという発想なんだ。悪行でのマイナスをタムブンで補うわけね。それだったらなにをしたってOKということになる。まあ、タイ人らしい合理的な考え方だね」

「なるほど。そういう宗教上のシステムが娼婦を増やす土壌となっているんですね。たしかにこの国では坊さんよりも売春婦の方が多いもんな。それにしてもタムブンなんて他力本願な発想ですね。辛《つら》い修行は僧侶にさせて、自分たちは彼らにお金を払って徳をためていくわけですから」

　金を恵んでやる人間が多ければ、ホームレスが多くなるのも道理だ。宗教が自己正当化の手段になっている。それだからあんな屈託のない笑顔ができるのかもしれない。タイは『微笑みの国』と呼ばれる。

　満員のバスに無理やりに乗り込む。中に入ると乗客たちの饐えた体臭に包まれる。バンコクのバスの運行路は複雑なのでいまだに理解してない。バックパッカー初心者であれば混乱

するだろう。

今朝はロクさんと一緒にウィークエンドマーケットに行った。マーケットはバンコク北部のチャトゥチャック公園で毎週土・日に開催されている超大型のフリーマーケットである。広大な敷地に把握できないほどの露店が広がり、食料、衣料、雑貨はもちろん鶏や蛇などの生き物まで売っている。その中にはワシントン条約で保護されている絶滅寸前の希少動物もいる。他にも通常ルートでは入手できないレアものグッズが売られていたりするのでミカドの住人も足を運ぶ。

一九九九年に開通したスカイトレイン（モノレール）のモーチット駅で降りればすぐ目の前なのだが、一橋たち貧乏旅行者は料金の高いそれらを利用しない。さすがに歩ける距離ではないのでバスに乗る。バスにもクーラー付きとなしの二種類があって、当然クーラーなしの方が料金も安価だ。あくまで貧乏旅行にこだわるミカドホテルの住人たちはクーラーなしのバスに乗る。最底辺の生活を送ることが彼らの矜持《きょうじ》なのだ。そんなわけで集まれば不毛な貧乏自慢が延々と続く。

廃墟同然のホテルに戻ると一気に脱力する。部屋の隅に放り出された本を取り上げる。ページをぱらぱらめくると、もう三回も読んだ小説だった。日本にいるときには読書とは縁のない生活を送っていたのに、ここへ来てから慢性の活字中毒が続いている。圧倒的に日本の書籍が少ない。現地で調達しようにも日本の書籍は高い。そんなわけで手に入れた書籍はどんなものでも隅から隅まで舐《な》めるようにして読む。この前も『裏千家茶道とその理論』という日本では手にも取らないであろう本を目次からあとがきまで精読してしまった。

「くっそー、なにか面白い事件でも起こらないかなあ」

一橋はマイコンの部屋をノックした。暇で死にそうなときは彼を訪ねることが多い。ときどき、面白いソフトを見せてくれる。

「あ、こんにちは」

ドアを開けると春菜がにこやかに手を振っている。

「あれ？　春菜ちゃん、来てたんだ」

その隣にはマイコンが寄り添うようにして座り、春菜にソフトの使い方を教えている。春菜とマイコンが部屋に二人っきりなんておかしいと思ったが、奥の方にはロクさんもいた。

「マイコンが面白いソフトがあるっていうから」

ロクさんが肩をすくめながらいう。どうやらマイコンがソフトをダシにして春菜を部屋へ誘ったらしい。春菜もたった一人でマイコンの部屋へ行くわけにもいかないから、ロクさんについてきてもらったというわけだ。

「あ、一橋さん。例の美容整形ソフト見てみます？」

美容整形ソフト。そういえば小林の歓迎会でそんなソフトの話をしていたのを思い出した。

「おおっ。そうだったね。美容整形ソフトってのがあったね」

一橋は期待に胸を躍らせてベッドに腰掛けた。

「これって面白いわよ」

春菜が笑いをこらえながらパソコンを指さす。

マイコンの部屋は何台ものパソコンと基板むき出しの怪しげな器械たちが無造作に置かれて、ほとんど足の踏み場もない。ベッドの上には最新ゲームマシンが甲羅をはがされたカブトムシのように、中身をむき出しにして放り出されていた。ベッドの下からも音がするので覗いてみたら、新型のマッキントッシュが横倒しになって収まっていた。

「ベッドの下までパソコンかよ」

「しょうがないじゃないですか。置く場所がないんですよ」

「あたらしいゲームマシンなのにもう分解かい？」

一橋はベッドの上のマシンを隅に動かして座り直した。

「内部解析の真っ最中ですよ。エミュレーターの開発です」

「エミュ……ってなに？」

「まあ、それはいいからこれを見てくださいよ」

マイコンのデスクには液晶画面が六つもあり、そのうち二つは天井から吊り下げられている。床には配線が縦横無尽に走り回り、そこら中に放置してある器械とつながってまるで電子生物の内臓みたいだ。ミカドホテルの朽ちかけた壁とサイバーなオブジェが絶妙にマッチして、近未来映画の舞台になりそうな部屋だった。

「これ誰だか分かります？」

マイコンの指さした液晶画面には、ハンサムな外国人が笑っている。一橋は画面を凝視した。

映画俳優だろうか。ロシアの体操選手にもこんな顔の人物がいそうな気がしたが心当たりはなかった。

「いやぁ……見たことあるような、ないような……。体操選手かなにかだと思うけど……やっぱり見たことないなぁ」

一橋は首を傾《かし》げる。見たことがあるような気もするがそれにも自信がもてない。外国人なのは間違いないから、見たことがあるとしたら映画かテレビかニュースだろうか。

「ほら、よく見て。一橋さんがよく知っている人よ」

春菜がクスクスと笑う。

「ええ？　僕がよく知ってる？」

再度、画面を見つめてみるが心当たりがない。

「降参。分っかりません」

一橋は手を広げて肩をすくめた。

「えへへへへ。チワワさんですよ」

「ええっ！」

予想外の答えに一橋は驚いた。しかしよく見てみると目元や口元がなんとなくチワワさんだ。特に唇の血色の良さは特徴的だ。しかしほとんどあの異様な面影はない。それどころかハリウッド女優の恋人役でも務まるほどの二枚目ぶりだ。

「あの不気味な丸顔をですね……」

マイコンが画面いっぱいにチワワさんの顔を表示させた。ふっくらとした白い頬をカーソルでなぞる。

「ばさっと頬をこうやって削《けず》ってですね……」

画面上のチワワさんの頬が頬骨ごと削られて、顎がとがっていく。

「鼻はちょっと高くしてあげましょう」

マイコンは慣れた手つきでマウスを操作する。チワワさんの鼻の輪郭にラインが引かれて、そのラインに囲まれた領域が浮かび上がる。その傍《かたわ》らに小さなダイアログボックスが現れて、いくつかの数値が表示される。マイコンがその数値を変えていくと、驚くことにチワワさんの鼻の形が変化していく。

そんな調子で目や口、髪の形や色などを変えていくと、原形をとどめないほどに色男になったチワワさんが微笑んでいた。とても犬や猫を鍋の中に放り込むような男には見えない。

「このソフトでは医学的に整形可能な範囲でしか変化させることができないんですよ。つまり整形をすればあのチワワさんもこんな顔になれるってわけですね」

「これはすごいね。初めて見たよ」

一橋はため息をついた。このソフトの性能もさるものだが、あのチワワさんをここまで変えてしまう現代の美容整形技術に驚きを禁じ得ない。

「整形解除もできますよ。整形した人の顔を取り込むと、整形前の顔に戻せちゃうんですよ」

マイコンは誇らしげに画面を指さす。

「それをされると困る人も多いんじゃない？」

ロクさんが笑った。たしかに芸能人、アイドルや女性ニュースキャスターにとっては天敵ともいえるソフトだ。

「精度の高い画像が欲しいときは患者の顔を三次元的に取り込むスキャナーが必要なんです

が、それがなくても高画素数のデジカメである程度のことはできるようになってます」

画面上のチワワさんの画像は、先日の小林の歓迎会で撮影したものらしい。そういえばマイコンが自慢の一眼レフのデジカメでみんなを撮影していた。

「ドイツ製ですって」

春菜が大きな目を輝かせている。狭苦しいマイコンの部屋へわざわざやって来るなんて、このソフトにかなりの興味をもったのだろう。

「なんてソフトなの？」

マイコンは画面の左上隅を指さした。アルファベットで『Before《ビフォー》 After《アフター》』と表示されている。整形の「前」と「あと」という意味か。これがこのソフトのタイトルらしい。

「実は最近完成したばかりでまだ流通にはのってないんですよ。このタイトルに正式決定したのだって数日前なんです。つい最近まで開発コードネームで呼ばれていたんですから。これだけでベンツが買えるんだからすごいですよ」

「まったく君ってやつは……どうやってこんなものを手に入れるんだい？」

ロクさんが呆れたようにいう。マイコンは「これもスキルですよ」とまんざらでもなさそうな笑みを浮かべている。

春菜も興味津々といった表情で画面を眺めている。

「私もねえ。ちょっと鼻と目をいじりたいなって思ってるの」

男三人が「ええ？」と声を上げた。

「春菜ちゃんはそんなことする必要はないよ。いまのままでも充分に可愛いし、きれいだよ」

マイコンがすかさず春菜の手を握りながらいった。

「でもこの目と鼻はコンプレックスだったのよ」

春菜がやんわりとマイコンの手を離す。マイコンがちっと舌打ちをしながら画面と向かい合った。画面に春菜の顔画像を映し出す。彼女の希望通りに鼻を少し高くして、目をさらにぱっちりとさせる。その作業に一分もかからない。

「やっぱりオリジナルの春菜ちゃんの方がいいなあ」

一橋は正直な感想を述べた。画面の春菜はどことなく作り物めいていて、整っているにしても不自然さが否めない。いまの方が親近感があるし、なんといってもチャーミングだ。マイコンもロクさんも同じ意見のようで何度もうなずいている。

「これだけは神に誓ってもいえる。春菜ちゃんはいまのままが一番だよ。可愛いし、美人だし、胸はちっちゃいけどスタイルいいし、ほんっとにサイコーだよ！」

マイコンが春菜と向き合って、顔を真っ赤にしながら熱くいい放った。当然のことながら春菜の平手がマイコンの頬を直撃した。春菜は頬を膨らませながら、そのまま部屋を出ていった。

「春菜ちゃん……照れてるんですかね？」

頬に真っ赤な手のひらのあとがついたマイコンがつぶやくようにいう。

「だめだ、こりゃ」

一橋とロクさんは顔を見合わせて肩をすくめた。

5

次の日の朝、一橋は朝食をとりに行きつけの屋台に入った。熱帯の住人たちは痩せた体形が多いが、ここのおばさんは代謝《たいしゃ》がよろしくないのかやたらと恰幅《かっぷく》がいい。けんか腰で口うるさいが、彼女の作るあんかけそばは絶品で、カオサンの日本人バックパッカーたちの間でも人気が高い。

一橋が席に着くと、隣にゴルゴさんが座っていた。彼はＣＩＡの殺し屋に命を狙われていると言わんばかりに、カミソリのように鋭い目を絶えず周囲に向けている。さらにその隣にはドラッグジャンキーの斎藤さんが霞《かす》んだ目を真っ赤に充血させて座っている。彼がドラッグ以外の食事をとる姿を見るのは初めてだ。

「めずらしいですねえ。斎藤さんがそんなものを食べるなんて」

一橋は斎藤さんに声をかけた。

「たまにはちゃんとした食事しとかないと、この暑さじゃすぐにばてちゃうからね。バックパッカーは健康第一だから」

フォークをもつ手がブルブルとふるえている斎藤さんがいっても説得力はないが、一橋は適当に相づちを打っておいた。

「ゴルゴさん、いい娘がいる店紹介してくださいよ」

ゴルゴさんはバンコク中のソープランドからヤワラー《中華街》にある冷気茶屋と呼ばれるマニアックな風俗店まで知悉《ちしつ》している。無類の女好きで、女であれば相手を選ばない。夜のルンピニ公園の一目見て顔を背《そむ》けたくなるような最底辺の娼婦でも相手にする。あそこらの娼婦は日本円にして一回五十円だという。

「そんなことより今朝はマイコン、いないのか？」

ゴルゴさんは箸を休めずそのまま返した。何度聞いてもオススメの店と自分の素性は教えてくれない。素性の方はどうでもいいけど。

「ちぇ、ケチ……。マイコンはですねぇ、昨日、春菜ちゃんに嫌われたショックでいまごろ寝込んでますよ。マイコンになにか用があるんですか？」

一橋はぶっきらぼうに返した。

「いや。ただ昨夜はやたらと羽振りがいいことをいってたもんやさかい」

国籍不詳のゴルゴさんはときどき関西弁が出る。そのたびに吹き出しそうになる。

「羽振りがいいって？」

「うむ。もうこんな貧乏ったらしいホテルを出てコンドミニアムを借りるとか、車を買うとかいってたな」

昨日の昼間、春菜に平手打ちを食らったときにはそんな素振りも見せなかった。それどころか最近、「生活資金がそろそろヤバくなってきた」とこぼしていたほどだ。

「まさか宝くじでも当たったんですかね？」

「俺には関係のないことだ」

ゴルゴさんは席を立つとおばさんに金を払って店を去っていった。これから置屋巡りだろう。

「ファックユー！」

一橋はゴルゴさんの背中に向かって中指を突き立てた。それを見ていたおばさんが愉快そうに笑った。ゴルゴさんと入れ替わるようにして小林が入ってきた。そして遠慮がちにゴルゴさんの座っていた席——一橋の隣に座った。

「どう？　ミカドホテルにも慣れたかい？」

「ええ。まあ、なんとか。ただ、いつも玄関にいる犬に襲われるんですよ。動きが異様にトロいから怖くないけど、やたらとしつこくて不愉快です」

「ああ、フィッツジェラルドね。斎藤さんの犬だよ。餌がガンジャ《大麻》だから、ああなんだよ」

斎藤さんの方を見ると空になった皿の上の虚空をフォークですくいあげて、口の中に運んで咀嚼《そしゃく》している。

「まっ、飼い主が飼い主だから」

カオサンの夜は毎日がお祭りだ。昨夜からの熱気の余熱が日射によってまたぶり返されている。路上はタクシーやトゥクトゥクで塗りつぶされている。この国では交通ルールやマナーなどかけらもない。お互い譲り合おうという態度などみじんも見せず、強引に割り込んだり追い越しをかけたりする。そのたびにクラクションが炸裂《さくれつ》するので、バンコクの道路はいつだって殺気立っている。

「それにしてもこんな道路状態じゃ、車なんてもっていても意味がないですよねぇ」

小林が道路の方を見ていった。トゥクトゥクとタクシーの運転手が車から顔を出して大声で罵りあっている。

「バンコクって路地は多いくせに迂回路《うかいろ》がないからね。細い道にはいるとすぐに行き止まりになっちゃう。この慢性の渋滞は都市の構造に問題があるんだよ。ところで車買うつもりなの？」

「まさか。昨夜、マイコンさんが車を買うようなことをいってたから」

「やっぱり、あいつ……宝くじでも当てたかなあ」

マイコンはいいことがあると黙っていられない性格だから、羽振りのいい話を周囲に漏らしたのだろう。

「昨日の夜、マイコンのやつ女を連れ込んでいたよぉ」

突然、斎藤さんが話に入ってきた。幻覚の世界から一時的に戻ってきたようだ。どうせすぐにあちらの世界へ旅立ってしまう。

「マイコンが……ですか？」

そうだよ、と斎藤さんがうなずく。しかし瞳の焦点が合っていない。頭もゆらゆらとボウフラのように揺れている。初対面のときは不気味に思ったものだが、いまはこんな姿に斎藤さんらしさを感じる。

「マイコンは女を買わない主義で、そこだけは感心していたんだけどなあ」

一橋は首を傾げた。マイコンは買春行為を軽蔑していた。彼はコンピューターウィルスをばら撒いたり企業のコンピューターをハッキングしたり、やっていることは犯罪だが、その点においてだけは潔癖だったのだ。彼の前で風俗を話題にしただけで非難される。マイコンは年端《としは》のいかない娘たちが売り買いされる東南アジアの現実を心底嘆いていたはずだ。

「春菜ちゃんに嫌われてやけくそになったのかな」

マイコンだって所詮《しょせん》は男だ。たまには女を欲しくなることだってあるだろう。あぶく銭が入ってきて気が大きくなったのかもしれない。

「なんだか気味の悪い女だったよぉ。歩き方もヘンだったし、クスリでもやってんじゃないかなぁ」

間延びした緊張感のないしゃべり方は斎藤さんの特徴だ。昨夜、マイコンの部屋から女が出てくるのを見たという。

「歩き方がヘンって斎藤さんの犬みたいな感じ？」

本当は「斎藤さんみたいな感じ」といいたかったが、彼は突発的にキレることがあるのでやめておいた。

「いやぁ、なんというかねぇ、ネグリジェ姿で腰が曲がったような感じでねぇ、髪の毛はへんに長いしやたらとボリュームがあったし、気味が悪かったよぉ」

「髪が長い？」

一橋は喉を鳴らした。

髪が長くて腰が曲がった気味の悪い女。

聞いたことがある。

「それってもしかしてクロケン殺しの女……」

一橋はつぶやいた。小林がフォークをもつ手を止めてこちらを見る。麺をゆっくりと咀嚼しながら一橋に向いている。

「斎藤さん、その女を見たのは何時ですか？」

一橋は立ち上がろうとした斎藤さんを押し戻して聞いた。

「うーん。何時だったかなぁ。でもけっこう深夜だよ。あのときはかなりイッちゃってたからはっきりしないんだよねぇ。いまもこう、小林くんの皿の上に真っ赤なミミズがいっぱい蠢《うごめ》いてるんだけど……マボロシだよね」

小林が思わず皿の上にフォークを投げてのけぞる。斎藤さんが「冗談、冗談」とヘラヘラ笑う。

そんな二人を見ながら一橋はいいしれぬ不安を覚えた。

「とりあえず僕、ちょっとマイコンの部屋に行ってきます」

一橋はイスから立ち上がった。

ミカドホテルの入り口を抜けると、糞尿《ふんにょう》を思わせる臭いが鼻を衝いた。まぶしいほどに明るい外とは対照的に、中は洞窟のように真っ暗で電気をつけても薄暗い。廊下には一切、窓がないのだ。

6

入り口から入ると突き当たりにオーナーのカウンターがあり、そこがフロントとなっている。フロントの前を右折するとまた廊下が延びていて、その両側に部屋が並んでいる。オーナーの部屋はカウンターの奥にあって、昼間はフロントに立っているが、夜間は無人だ。

一橋は貧相な顔をしている初老のオーナーに目であいさつをした。オーナーはいつものように間の抜けた笑みを送ってくる。そう見えるのは前歯が何本か欠けているからだ。

マイコンの部屋はホテルの出入り口のいちばん近く、フロントの隣にある。斎藤さんの部屋はそこから四部屋分奥にある。昨夜遅く斎藤さんが部屋から出ると、例の女がマイコンの部屋から出てきたという。女はすぐにホテルを出ていってしまったらしい。もっとも斎藤さんの話も当てにはならない。彼は一日の半分は幻覚の世界に生きている。彼が見た女というのも現実に存在するものなのか怪しい。

一橋はマイコンの部屋をノックする。

返事はない。なんだか焦《こ》げ臭い臭いがする。一橋はもう一度、ノックしてみた。やはり返事がない。オーナーの方を見ると彼はカウンターから身を乗り出して一橋の様子を窺《うかが》っている。

一橋は扉のノブを捻ってみた。ノブは回った。鍵がかかってない。カオサンで鍵をかけずに外出するなんて考えられない。この国では警官だって泥棒になる。

「マイコン、入るよ」

そっと扉を開けるともわっと白い煙が隙間から溢れ出てきた。部屋の中は白く煙って輪郭が曖昧《あいまい》になりつつある。一橋は口元を押さえて中に入る。オーナーがタイ語でなにかわめいているのが聞こえた。部屋の外にはわらわらと住人たちが集まってきたようだ。

「なにがあったんだ？」

ロクさんも口を手のひらで押さえながら部屋の中に入ってきた。煙が部屋の外へ出ていくようになったので、部屋の中の曇りが少しずつ晴れていく。

部屋の片隅にマイコンが倒れていた。ロクさんがマイコンの背中を叩きながら呼びかけるが反応がない。とりあえずロクさんと二人でマイコンの身体を部屋の外へと運び出した。廊下には小林、ゴルゴさん、チワワさん、そしてオーナーが立っていた。

一橋とロクさんは部屋の外に出て咳《せ》き込んだ。そしてマイコンの姿を見て慄然《りつぜん》とした。もともと白いシャツが血で染まったのだ。体中に刺し傷が刻まれていた。

マイコンは真っ赤なポロシャツを着ているのだと思っていたが、それは違った。もともと白いシャツが血で染まったのだ。体中に刺し傷が刻まれていた。

みんな、じっと立ったままマイコンの変わり果てた姿を見つめていた。ロクさんは目を見開いて、ゆっくりと顎鬚をなでている。小林はとがった顎を掻いている。チワワさんは舌なめずりをして、ゴルゴさんは鋭い目をじっとマイコンに向けていた。オーナーは口を手で覆っている。

一橋は呆然《ぼうぜん》と立ちすくんで目の前に転がるマイコンを見下ろしていた。

「誰がこんなひどいことを……」

ロクさんが呆然とした表情でマイコンを見下ろしている。

「女ですよ。クロケンを殺した女がマイコンを殺《や》ったんです」

「女って……黒髪が長くて身体が曲がったっていうあの女かい？」

一橋はマイコンから視線をそらさずにうなずいた。ポロシャツは彼の血を随分と吸い込んだようだ。マイコンの身体にべったりとはりついている。

「斎藤さんが昨夜、この部屋から女が出てくるのを見たっていってました」

「斎藤さん？　そういえば斎藤さんはどこ？」

廊下には斎藤さんだけがいなかった。あとの住人は集合している。

チワワさんが外を覗きにいくと、すぐに戻ってきた。

「斎藤さん、犬に餌をやってるよ」

「とりあえず、警察を呼んでもらおう」

ロクさんがオーナーにタイ語で話しかけた。オーナーはあたふたとフロントカウンターへ戻っていく。オーナーの部屋にはこのホテル唯一の電話があるのだ。

「だけどこの煙はなんだろう？」

一橋はマイコンの部屋の中に再び入っていった。

煙はかなり部屋の外へ排出されたようだが、それでも若干燻《くすぶ》っている。部屋の中は密閉状態なので数時間ほど煙は停滞していたのだろう。一橋は部屋の中を調べてみた。煙の出所はすぐに分かった。部屋を占拠している数々のパソコン本体からだった。

一つずつ検分してみると、どれも本体の一部に焦げたようなあとがあり、部屋の中のパソコンはすべてショートしているようだ。犯人の仕業《しわざ》だろうか。

「なんのためにそんなことをしたんだ？」

廊下に出てみんなに状況を説明すると、ロクさんが顔をしかめて壁に手をついた。

「クロケンを殺した女が犯人だとすると、マイコンとクロケンはつながりがあったということとかなあ。でもそんな話聞いたことないけどなあ……」

チワワさんがいう。昼間なのにここの廊下は下水道のように暗くてジメジメしている。

「俺の勘に間違いがなければ、犯人は斎藤さんだな……」

突然、ゴルゴさんが口を開いた。いきなりの発言に一同は一斉にゴルゴさんの方を向いた。

「なんでいきなり斎藤さんが犯人なの？」

チワワさんが、腕を組みながら壁に背中を預けているゴルゴさんを見た。

「クロケンを殺害した犯人が髪の長い女と噂されている。実際、その女が本当に存在するのかは分からん。トオルという男もドラッグジャンキーだ。むしろ体の曲がった長い黒髪の女なんて幻覚っぽいやろ。斎藤さんは自分でマイコンを殺しておきながら、目撃談をでっち上げて、存在もあやふやなその女に罪をかぶせたんや。つまりクロケンの事件にかこつけたに過ぎない。ああやってラリってるのも実は演技かもしれへんな」

ゴルゴさんが微妙に関西弁を混ぜながら推理を披露する。

チワワさんが「質問！」と手を挙げた。すかさずロクさんが「チワワくん」と指名する。

「だけどなんで斎藤さんがマイコンを殺すの？」

「金銭がらみだろう」

ゴルゴさんがカミソリのように鋭い目をさらに細める。眉間《みけん》に深い皺《しわ》が寄った。雰囲気だけは一流のスナイパーだ。

「そういえば車を買うとか、コンドミニアムに移るとか羽振りのいいことといってたみたいですね」

一橋はゴルゴさんや小林の話を思い出していった。ゴルゴさんはチワワさんやロクさんにマイコンのいっていたことを説明した。

「宝くじでも当たったのかな」

ロクさんが一橋と同じことをいった。たしかについ最近まで金欠病だったマイコンが急に羽振りが良くなる理由なんて、そのくらいしか思いつかない。

「宝くじが当たったか、ハッキングで得た金か。それは分からん。とにかくマイコンは大金を手にした。それを知った斎藤さんがマイコンを殺害してその金を奪ったのだ」

ゴルゴさんは葉巻に火をつけながらいった。斎藤さんはまだ外で犬と一緒だ。

チワワさんが再び「質問！」と手を挙げた。今度はゴルゴさんが「チワワくん」と顎先で指名する。

「だけどさ、どうしていちいちパソコンを破壊するわけ？　むしろマイコンに恨みをもつハッカー連中が犯人だと考えるのが普通じゃないの」

「考えが浅はかだな。パソコンの破壊はハッカーの仕業に見せかけるためのカムフラージュだ。もっとも俺に、そんな子供だましは通用しないがな」

チワワさんはムッとして腕を組みながら黙り込んだ。ゴルゴさんはそれを無視して虚空に紫煙《しえん》を吐き出した。

「あれぇ、みんなどったのぉ？」

突然、外にいたはずの斎藤さんが入ってきた。相変わらず夢遊病者のように足取りがおぼつかないし、目の焦点が合ってない。

「あれ？　マイコン、死んでんの？」

斎藤さんがマイコンの死体を見下ろしながらぼさぼさの頭を掻き始める。一橋たちはマイコンの死体を眺めている斎藤さんを見つめていたが、誰も彼に声をかけなかった。相変わらずふらついていて、いまにも死体の上へ倒れ込みそうだ。

「ま、いっか」

斎藤さんはだるそうに首を回すと、自分の部屋へ戻っていった。

演技なのか、そうでないのか、一橋は判断がつかなかった。

それから間もなく、タイ警察の制服姿の警官たちがやって来た。驚いたことにそれより先にクライムマガジンの記者たちがカメラをもってやって来て、変わり果てたマイコンの死体をアイドルの追っかけカメラマンがするように無節操に撮影していった。

ミカドの住人たちも警察の聞き込みを受けた。ロクさんが通訳をしてくれたのでお互いのコミュニケーションはスムーズにいった。殺人現場検証はお粗末そのもので警官たちは面倒くさそうな顔をして部屋の中を一通り眺めると、「立ち入り禁止」の貼り紙とロープを張ってさっさと帰ってしまった。

「こんな捜査じゃ、迷宮《めいきゅう》入り決定だよなあ」

誰もいなくなった部屋を見て一橋はつぶやいた。壊れたパソコンもそのままになっている。マイコンの死体は救急車で運ばれていった。ロクさんによると警察病院でこれから司法解剖されるという。このあとの諸手続きもロクさんが引き受けてくれる。

「問題も多かったけど、いいやつだったよ」

ロクさんが主のいなくなった部屋に向かっていった。目はうっすらと充血している。

一橋はいまひとつ感傷的になれなかった。この国へやって来て無為な生活を続けるうちに、享楽や快楽以外の感情がマヒしてしまったのかもしれない。

一年とちょっと前までは一橋もごく普通のサラリーマンだった。

マジック用品を扱う玩具メーカーに勤務していた。典型的な零細企業で、社員一人一人が営業も開発もこなした。週に一度は社員が一堂に集まって開発会議が開かれる。そこで社員全員、独自のアイディアを披露するわけだが、反応が良ければ商品化される。実際、一橋のアイディアも何度か商品化された。自分の作品が店頭に並ぶ爽快感はなにものにも代え難い。

しかしこの不況の中、手品にお金を回せる余裕などあるはずがない。さらにインターネットで各社マジック製品のタネ明かしをする輩まで登場した。購買客の多くは友人や家族にマジックを披露したくて買うわけではない。玩具コーナーに並んでいるマジックのタネを知りたくてつい衝動買いしてしまうのだ。それが無料で明かされてしまえばどうにもならない。所詮はマジック。タネを明かせば拍子抜けするほどに簡単な仕組みになっている。インターネットは意外なところでマジック商品の業界に影を落としていた。一橋はマジックを創作するために有名マジシャンのショーにも足を運んで研究した。マジック開発は人々に夢を与える仕事だからいつかは報われると、熱心に取り組んだ。

しかしある日突然、マジックの会社は文字通り手品のように消えてなくなった。そしてタネ明かしもないまま、一橋は無職の生活に放り出された。再就職は思うようにはかどらず、気持ちも生活もすさんでいった。それから間もなく、半同棲していた恋人は一橋のもとから去っていった。

そのとき何気なく立ち寄った図書館で手にした本がロクさんの著作だった。彼の描くバックパッカー体験のエピソードが魅力的に思えた。

それから半月後、一橋はカオサンに立っていた。

7

一橋はベッドに寝そべって薄暗い天井を見上げた。

あれから春菜が駆けつけてきた。突然の出来事に呆然と立ちすくんでいた。最後はわっと泣き崩れた。一時間くらい泣いたあと、ロクさんに送られてホテルに帰っていった。

斎藤さんはあれから部屋に引きこもったままだ。

「斎藤さんが殺った……」

一橋は昨日のことを思い浮かべた。

マイコンの部屋へ遊びに行ったのは昼過ぎだ。そこにはロクさんと春菜もいて小一時間、ビフォーアフターという美容整形ソフトで遊んだ。ゴルゴさんやチワワさんの顔を好き勝手にいじくってみんなで笑った。

そのときのマイコンに変わった様子はなかった。ゴルゴさんや小林たちのいうように羽振りのいい様子は見られなかった。それどころか一橋たちの前で、資金が乏しくなってきたから一時帰国を考えているようなことを言ったのだ。賃金のいい日本で数ヶ月働いて、ある程度貯まったらまた戻ってくる。長期滞在者にはそういう輩も多い。

それはともかく、資金が乏しいというのだからそんな羽振りのいい発言は出ないはずである。つまり本人がなんらかの大金を得ることになったのは、みんなが解散した夕方以降ということになる。

ゴルゴさんも小林もマイコンから車を買うという自慢話を聞いたのが昨夜だといっていたから、一橋がマイコンの部屋を出てから数時間で彼は金持ちになったということになる。

宝くじの当籤《とうせん》を知ったのが昨夜だったのだろうか。それとも宝くじではなくて別のなにかで大金をゲットできたのか。どこかで大金を拾ったのかもしれないし、ハッキングで大もうけしたのかもしれない。思いがけない遺産が舞い込んできたということもある。

それを斎藤さんが知った。彼は皆が寝静まった深夜に部屋を訪れてマイコンを殺害した。そして金を奪う。斎藤さんは斎藤さんで、髪の長い女がマイコンの部屋から出てきたところを目撃したといっている。

一橋は煤けた天井を眺めながらため息をついた。

ゴルゴさんの推理も、斎藤さんの目撃証言もどちらも当てにならない。まずゴルゴさんの推理は、ほとんどが憶測でそれを裏付ける証拠がない。そもそも金銭目的なら、すべての人にとって殺人動機となる。ホテルの住人だけでなく、少なくともカオサンに住む人間でアリバイのない者はすべて容疑者だ。極端な話、春菜だって容疑者になりうる。マイコンの死亡推定時刻である深夜には、斎藤さん以外全員自室で寝ていたことになっている。つまりアリバイはない。

斎藤さんの目撃証言もどこまでが真実なのか分からない。彼が犯人で真実を隠匿《いんとく》するために嘘の証言をでっち上げているならともかく、そうでなかったにしても当てにならない。なんといってもドラッグジャンキー上級者の斎藤さんは一日の半分以上は幻覚と一緒に過ごしている。

それから、気になるのは破壊されたパソコンだ。あの狭い部屋にパソコンは十台以上あった。あれだけのパソコンをすべてショートさせるのもそれなりに労力のいることだと思う。ゴルゴさんはカムフラージュというが、果たしてそうであろうか。

突然、部屋がノックされた。扉を開けると黄ばんだランニングシャツのロクさんが立っている。一橋はロクさんを中に通した。

「春菜ちゃん、どうでした？」

一橋は缶ビールを一つ投げ渡しながら聞いた。冷蔵庫がないのでビールは生ぬるい。一橋も一つ缶を開ける。

「やっぱりショックだったみたいだね。送ってる間もずっと泣いていたよ。マイコンが想いを寄せていたことを春菜ちゃんも知っていたからね」

「春菜ちゃんの涙でマイコンも救われたんじゃないですかね。自分の好きだった人に泣いてもらえないなんてかわいそうですもん」

「そうだよね。それにしてもマイコンはどうして殺されたんだろう……」

ロクさんがしんみりと言った。

「ロクさんは、マイコンから車を買うような話は聞かされませんでしたか？」

「いや、そんな話聞いていないよ。そういえばさっきゴルゴさんがそんな話をしていたね。マイコンが急に羽振りが良くなったって」

「心当たりないですか？」

「まったく知らないよ。昨日、春菜ちゃんたちと美容整形ソフトで遊んでいたときは、資金不足だから帰国してバイトしてくるようなことといってたじゃないか。君も聞いただろ。そんな彼がどうして急に車を買えるんだろう」

ロクさんが腕を組みながら首を傾げた。

「車だけじゃない。ここを出てコンドミニアムに移るようなこともいってたそうです。宝くじが当たったか海賊ソフトで大もうけしたとして、ゴルゴさんのいうとおり斎藤さんが犯人だと思いますか？」

「ざあ、どうだろ……」

ロクさんは考え込むように天井を見上げた。

「あの時間だったら斎藤さんは完全にイっちゃってるはずだ。クスリでラリってマイコンを殺したとしても、もっと大騒ぎをするはずだよ。斎藤さんはキレると大声や悲鳴を上げて暴れ出す。深夜とはいえ誰かが目を覚ます。防音なんてあってないようなホテルだからな、ここは。ましてやパソコンを一台一台壊していくなんて芸当がラリっている斎藤さんにできるかな」

「なるほど……。じゃあ、そのときはたまたま斎藤さんがラリってなかったとしたら？」

ロクさんはうーんとうなる。

「斎藤さんが犯人だとしたら、きっとマイコンを殺すときはシラフで冷静な状態だったと思う。ふだんの斎藤さんとは思えないほど速やかに行動したんだろう。ただなあ、斎藤さんを犯人にするにはあまりにも根拠が薄すぎる。長い髪の女を見たという話は確かに怪しい気がするけど、ゴルゴさんが斎藤さんを犯人と決めつけた根拠はそれだけだろ。その女が斎藤さんの幻覚だとしたら、目撃者はいないわけだから誰もが容疑者になる。僕だってアリバイを証明する手段がないから容疑者だよ。一橋くん、君だって充分に怪しいぞ。なんたって第一発見者だからね」

「あははは。それはいえてますね。さらにいえばホテルの住人だけじゃない。ここら界隈《かいわい》に出入りする人間すべてが容疑者になる」

「僕はここのホテルの住人より、むしろマイコンとやりとりのあったハッカー連中が怪しいと思ってる。パソコンが全部壊されていただろ。マイコンは口封じされたんじゃないだろうか？」

「口封じですか？」

ベッドの上であぐらをかいている一橋は身を乗り出して聞き返した。

「そう。マイコンはハッキングのエキスパートだから、たとえば政府や企業のサーバーに侵入して重要機密を盗んじゃったとかね。機密を知られた彼らはマイコンのもとに刺客《しかく》を送り込んだ。パソコンを破壊して、マイコンの口を封じた」

「じゃあ、斎藤さんが見たという女は？」

「やっぱり幻覚だろうね」

一橋はうなずいた。たしかにゴルゴさんの推理よりは筋が通っているように思える。夜間はフロント不在だから自由に出入りできるし、マイコンの部屋の鍵だってプロなら外すのはわけないはずだ。

「パソコンさえ無事なら手がかりになるデータが残ってたかもしれないですね。その重要機密とやらが」

「マイコンにはかわいそうだが、いまとなってはどうしようもないね。手がかりは壊されたし、タイの警察だってどこまで本腰を入れて捜査するか分かったもんじゃない。政府や大企業がからんでいたら、買収されて真相は闇に葬られるだろうしね」

たしかにタイ警察は当てにならない。ちょっとした事件を起こしても金を払えばどうにでもなる。ましてや大企業や政府機関にとってもみ消しは朝飯前だろう。

「そうですよねえ。せめて一台でもパソコンが残っていたら……」

そこまでいいかけて一橋は息をのんだ。頭の中に一台のパソコンの姿が浮かんだ。

「どうしたの？」

「そういえば……ベッドの下に新型のマッキントッシュが置いてあったけど、あれも壊されたのかなあ？」

昨日、マイコンの部屋へ遊びに行ったときベッドの下にマッキントッシュが横たわっているのを見た。ＬＥＤが点滅していたからあのマシンも稼働《かどう》していたはずだ。マイコンを殺した人物はベッドの下まで調べただろうか。

「とりあえず行ってみよう」

一橋とロクさんはこっそりと廊下に出た。立ち入り禁止の貼り紙とロープで入り口を塞がれているが、見張りの警官はいない。

一橋はロープをどけてマイコンの部屋の中に入った。煙は完全に抜けていたが、相変わらずカビくさいミカドホテル特有の臭いがした。それでも主人を失った部屋は心なしか物寂しい。妙な肌寒さを感じた。

一橋はベッドの下を覗き込んだ。

マッキントッシュは昨日と同じようにそこに横たわっていた。電源スイッチを押すとLEDが点灯した。

「ビンゴ！」

マシンは生きていた。犯人はベッドの下までは確認しなかったようだ。マイコンを殺害して、目に入るパソコンをすべて破壊してから速やかに立ち去ったのだろう。しばらくすると液晶モニターの一つが暗い部屋の中にぼんやりと灯った。そのままマシンは起動を始めた。ファイルの中を覗いてみると思った以上にたくさんのデータがある。そのうちいくつかを開いてみたがプログラムばかりで内容が把握できない。中にはプロテクトがかかっていてパスワードを打ち込まないと開けないものもあった。またいくつかのソフトウェアがインストールされていた。

「メールはどうなってる？」

ロクさんにいわれて一橋は電子メールソフトを立ち上げた。受信箱を開くと千通近くのメールが入っていた。そのうちいくつかは未読のままだ。

電子メールの送り主の名前を見ると『タイタン』『ジョジョ』『ＴＯＴＯ』など本名が窺い知れないハンドルネームばかりだ。

メールを開くと主に海賊ソフトやプレミアムソフトの交換や入手先情報、シリアルナンバー情報が書き込まれている。メールも英文であったり日本語であったり、中にはタイ語もある。マイコンはあらゆる人種と世界規模で情報交換をしていたようだ。

特に最近は、『フィガロ』という人物と多くのメールをやりとりしている。日本語で書かれているからフィガロも日本人のようだ。日時順に読み進めていくと、彼もこのバンコクに滞在していることが分かった。ときどき、あのバンコクの秋葉原、パンティッププラザに出没しているようだ。

そして一橋は昨夜のメールに目をとめた。受信時刻が午後八時十二分となっている。送信者名はやはりフィガロだった。

《さきほどはどうも。お互いに顔を知らないのに古くからの親友のように会話ができるなんてチャットとは便利なものです。ところで半分は僕のおかげですから、ここは山分けといきましょうよ（笑）。僕にもデータ送ってください。危険なことですから行動はくれぐれも慎

重にいきましょう》

内容から察するに、フィガロなる人物とマイコンはまだ直《じか》に会ったことはないようだ。お互いにチャットやメールでやりとりしていたのだろう。

「山分けってなんだろう？」

文中には「山分けといえばやっぱりお金でしょう」とある。山分けするくらいだからある程度はまとまった金額だろう。フィガロも関与しているようだ。

「どうやら宝くじが当たったわけじゃないみたいですね」

「危険だからくれぐれも慎重に、か。マイコンのやつ、どうもヤバいことに手を出したみたいだね」

文面からそのヤバいことについてはどこかのチャットで話し合われたようだ。他のメールも確認してみたがそれ以上のことは書き込まれていなかった。

「で、『僕にもデータ送ってください』のデータってなに？」

一橋は「さあ」と首を傾げた。メールを読むと、このデータがマイコン殺しの大きな手がかりになるような気がする。

「なにをしてる？」

突然、ゴルゴさんが入ってきた。そのうしろから小林もついてくる。

「あれ？　パソコン壊れてたんじゃないんですか？」

小林が驚いたような顔をして部屋の中に入ってきた。四人もいると急に部屋が狭く感じる。

一橋はゴルゴさんと小林にいままでの経緯を説明した。

「ところでこのデータってなんですかね？」

小林が一橋と同じ疑問を口にした。マイコンがその後《ご》データをフィガロに送信したのかどうかまでは分からない。このマシンからは送信されていないようだが、他から送ったかもしれない。いまごろはフィガロにそのデータが届いてるかもしれないのだ。

「とりあえず、データがどんなものかあれこれ考えるより、直接フィガロ本人に聞いた方が早いんじゃないかな」

ロクさんのいうことももっともだ。本人に当たるのがいちばん早くて確実だ。

「じゃあ、マイコンのアドレスでフィガロにメールを送ってみましょう。彼に会えばマイコン殺しの手がかりが見つかるかもしれない」

一橋はフィガロへの返信メールに、

《山分けの件でご相談があるので、近いうちにお会いできませんか》

と打ち込んだ。そのまま送信アイコンをクリックする。

「これでよし、と」

　一橋は手をはたいた。大金を山分けとなればフィガロも会う気になるだろう。

「よう、なにやってるの？」

　部屋の扉からチワワさんが海坊主のような顔を覗かせた。手にスーパーのロゴが入った大きめのビニール袋を下げている。

「マイコンのパソコンが一台生きていたから、中を調べているところだよ」

ロクさんが答える。しかしチワワさんはさほど興味を覗かせなかった。

「これから俺、料理を始めるからさ。ちょっとうるさくなるけど悪く思わんでね」

彼はそのまま自分の部屋に戻っていった。

「あの袋の中にはなにが入っているんですか？　なんだかモゾモゾ動いていたような気がするんですけど。それに料理でうるさくなるってどういうことなんですか？」

小林がおそるおそる一橋に尋ねた。

「小林くん。世の中には知らないでいる方が幸せなこともあるんだ」

ロクさんが小林の肩に手を置いて力強く伝えた。彼のためを思えばこそである。

「は、はあ……」

しばらくしてチワワさんの部屋からキャンキャンと激しい鳴き声が聞こえてきた。しかし

「ギャン！」という声を最後にチワワさんの部屋は静かになった。やがてチワワさんのご機嫌な口笛が聞こえてくる。

「あれさえなければ、チワワさんっていい人なんですけどねえ」

一橋はロクさんとゴルゴさんに向かって肩をすくめた。小林の顔は真っ青だ。ここから逃げ出す日もそう遠くないかもしれない。

突然、ポーンとパソコンからチャイムの音がした。

確認するとはたしてフィガロからのメールが届いていた。こちらからメールを出してわずか二分だ。

「きっとマイコンと同じで一日中、パソコンの前にはりついているんだよ」

ロクさんが画面を覗き込みながら苦笑した。

一橋は受信箱に入っているフィガロから届いたばかりのメールをクリックした。

《どうやらうまくいったようですね。それにしてもアレには驚かされました。明日の二時にプラザ三階にある例のショップで待ってます。お互い初対面ですが、フィガロだと分かる合図を送ります。PS　お金を受け取るなら、この件は極秘にしておく必要がありますね》

と書かれていた。PS　マイコンのアドレスで送ったので先方はマイコン本人からのメールだと思っている。ということはまだマイコンが殺されたことを知らないようだ。

「ますますもって怪しいメールですね。わざわざ『アレ』なんて明確にしないのは万が一、このメールが他人に読まれることを警戒してですかね」

一橋は顎をさすった。

うまくいったってなにがうまくいったというのか。「アレには驚かされた」とあるが、「アレ」とはなんなのか。どうしてこの件を極秘にしておく必要があるのか。メールの内容は本人たちでないと分からないことだらけだった。

「文脈からいってアレっていうのはきっとデータのことだろうね。マイコンの送ったデータを見て驚いた、ってとこだろう」

ロクさんが解釈を加える。

「とりあえず明日、フィガロに会っていろいろ聞き出してみましょう。マイコンの送ったデータを見せてもらうことができれば、犯人についてなにかつかめるかもしれない」

メール中にある「プラザ」というのはパンティッププラザのことだろう。ただ例のショップが三階のどこにあるのか分からない。それにフィガロはどんな合図をしてくるのだろうか。

「でも極秘にするって書いてあるから、聞いたことをしゃべりますかね？」

小林が口を挟んだ。

「だからあくまでもマイコンとして会うんだよ。フィガロはマイコンが死んだってことをまだ知らないし、そもそも二人は面識がない。うまく誘導していけばいろいろ聞き出せると思うよ」

「でも誰がマイコンさんの役をやるんですか？」

小林が続けた。

「やっぱり年齢的に小林くんかな」

ロクさんが小林を推薦する。彼は慌てて手を振った。

「僕がマイコンさんを演じるなんて絶対に無理ですよ。マイコンさんのことをほとんど知らないんですから。それに明日は外せない用事があるので参加できません」

たしかにミカドに来たばかりの小林にそんな役割を負わせるのは酷だろう。

「分かったよ。僕がやるよ。どうせ相手はマイコンと面識がないわけだし、どうにでもなると思う」

一橋は自分から役を請け負った。小林の次といえば一橋しかいない。そしてなにより友人を殺した犯人を突き止めたい。

「でも危なくないですかねえ……。止《や》めといた方がいいと思いますけど」

小林が心配そうな顔で続ける。

「そんなに危ないかなあ」

「だってヤバい連中が関わっているかもしれないんでしょう。現にマイコンさんは殺されたんです。深入りすると今度は一橋さんたちが狙われますよ」

たしかに小林のいうことももっともだ。いくら好奇心に火がついたとはいえ、危険なことは避けたい。だからといって、引き下がる気にもなれなかった。

「ゴルゴさん。明日ついてきてくださいよ」

一橋はゴルゴさんにいった。A級スナイパー気取りのゴルゴさんならいいボディーガードになってくれそうだ。一人で行くよりずっと心強い。

「断る。俺には関係ないことだ」

ゴルゴさんは眉一つ動かさないで即答した。

「つき合ってくれてもいいじゃないですか。悪党に襲われたらゴルゴさんにやっつけてもらいたいんですよ」

「俺への依頼は正規のルートを通してもらおう。俺が信用するのは現金《キャッシュ》だけだ。それが悪銭だろうと浄銭だろうと関係ない」

きっと『ゴルゴ13』にそんな台詞《せりふ》があるのだろう。

だいたい正規のルートってなんだよ？

「春菜ちゃんも誘いますよ。悪党どもをビシバシとなぎ倒すゴルゴさんは、きっとかっこいいんだろうなあ。僕が女だったら惚れますよ、間違いなく」

「………」

ゴルゴさんの頬がちょっとだけ赤くなる。一橋はさらに追い打ちをかける。

「マイコンはかなりの金をゲットしたんじゃないですかね。フィガロもすぐに会うようなメールを送ってくるぐらいだから、それなりの金額だと思いますよ。うまくいけば僕たちがゲットなんてこともあるかも……ですよ」

ゴルゴさんが葉巻を口にくわえて火をつけた。

「話を聞こうか……」

8

ペッチャブリー通りは相変わらず車で埋めつくされており、まるで蟻《あり》の行進だった。バンコクの渋滞は世界的に有名だ。杖をついた老人が悠々とポルシェを追い越していく。

通りは排気ガスと塵埃《じんあい》と騒音が充満して、歩行者にとっては生き地獄だった。最近はやっと慣れたが、最初のうちは目と鼻が痛くてメガネやマスクがないと立っていられないほどだった。嫌煙だの発ガン性物質だのと騒ぎ立てる、神経質な日本人にはとても耐えられない環境だ。

フィガロとの待ち合わせは二時だったので、一橋とゴルゴさんと春菜はプラトゥナーム市場で時間をつぶした。結局、ゴルゴさんは春菜のボディーガードということでついてきてくれた。春菜のためなら「正規のルート」は関係ないらしい。

ここは巨大なアーケードの真下にバラックで作られた商店がひしめき合い、まるで迷路のように入り組んでいる。初めて入った者は必ず迷ってしまうほどだ。

主に衣料品の店が並び、現地の人間はここで服を買いつけてパッポンなどの観光地で日本人旅行者にふっかけて売りつけるのだ。バーバリーやラルフローレンなどのコピーシャツも多く、一通り回るだけで半日以上はかかってしまう。

春菜はアクセサリー類を扱っている小さな露店に立ち寄った。そこでなにやら買い物をしている。

「はい、私からのささやかなプレゼント」

春菜は小さな赤い石のついた指輪を差し出した。一橋とゴルゴさんは一つずつ受け取る。

一つ十バーツ（約二十六円）だ。

「なにこれ？」

一橋は指輪を指にはめながらいった。しかしサイズが合わないので入らない。指の節の太いゴルゴさんはなおさらだ。

「知ってる？　バンコクの若い娘たちの間では、好きな人に指輪をプレゼントして、それを飲ませると愛が成就《じょうじゅ》するというおまじないが流行《はや》ってるのよ。さあ、飲み込んで」

春菜は手を差し出してケラケラと笑う。指輪は埃まみれだし赤錆《あかさび》が浮いている。とてもじゃないが口の中に入れる気にはなれない。

「春菜ちゃんの恋人になりたいところだけど遠慮しとくよ。下痢してデートなんてできないからね」

一橋は苦笑しながらリングをポケットに入れた。そんなまじないが流行っているとは知らなかった。

「さあ、ゴルゴさんは？」

春菜がいじわるそうにゴルゴさんの顔を覗き込む。

「くだらん。大人をからかうのもいい加減にしろ」

ゴルゴさんも顔を真っ赤にしながら指輪をポケットにねじ込んだ。

「なあんだ、つまんない。ノリが悪いのね」

そんなゴルゴさんを見て春菜が頬を膨らませた。

「さ、そろそろ時間だ。行こう」

時計を見ると約束の時間が近づいていた。今日の午後二時にパンティッププラザで待ち合わせとなっている。そして出がけにもパソコンを確認した。変更や中止を伝えるメールは届いていなかった。

ゴルゴさんにボディーガードをしてもらうために春菜も誘った。春菜は二つ返事でついてきた。彼女もマイコンの死にはそれなりの思いがあるようだ。

ペッチャブリー通りを横切る歩道橋を上がる。ここを横断すればパンティッププラザの前に出ることができる。歩道橋の階段にもホームレスたちが一段おきに座りこみ、自分の惨めで哀れな人生をアピールしている。

パンティッププラザの前に立つと腕時計は二時を指したところだった。相変わらず玄関は人の出入りが激しくて、その多くは大きな荷物を抱えている。

「ここへはつい最近、マイコンと来たばかりなんだ」

館内はマイコンと来たときと同様、人でごった返していた。一階のグランドフロアは怪しいパーツや海賊ソフトで溢れている。

「すごい人ね。マイコンくんから聞いてはいたけれどこれほどとはねえ」

春菜はここが初めてらしい。何度かマイコンに誘われていたようだ。現地の人間だけでなく外国人も多い。人々の熱気がエアコンの冷気をかき消している。

人混みをかき分けながらエスカレーター前までたどり着いた。春菜も体を挟み込みながら一橋のあとについてきた。

「あれ、ゴルゴさんは？」

春菜が後ろをふり返った。

「ええ？　ついてきたんじゃないの？」

一橋も背伸びをして春菜の後ろを眺めたが、ゴルゴさんの姿は見えなかった。捜そうにも人混みが幾層にもカーテンとなり、周囲を遮っているので確認ができない。その場で数分ほど待ってみたが現れなかった。

「あっちにもエスカレーターがあるから先に行ったのかもしれないわ」

春菜は反対側のエスカレーターを指さす。三階の店が待ち合わせ場所だということをゴルゴさんも知っているので、先に上がったのかもしれない。

「なるほど。とりあえず三階まで上がろう」

一橋と春菜はエスカレーターに乗り込んで三階に上がった。ごった返すグランドフロアに比べると三階は比較的すいている。ほとんどの商品はグランドフロアに揃っているのでここまで上がってくる必要がないのだろう。

「ゴルゴさん、どこ行っちゃったんだろう？　困るよなあ、ボディーガードが迷子になっちゃ……。仕方がない。手分けしてフィガロを探そう」

　ゴルゴさんも一橋も携帯電話を持っていない。

「じゃあ私、あっち側から当たってみるわ。フィガロさんを見つけたらすぐに呼ぶね」

「ＯＫ」

　春菜は後ろで束ねた髪を揺らしながら、フロアの西側へ向かっていった。

　フィガロはメールで『例のショップで待ってます』と送ってきた。マイコンならピンとくるのだろうが、一橋たちには分からない。ここは一軒一軒しらみつぶしに当たっていくほかない。その店にいけば彼の方から合図を送ってくるはずだ。

　三階も他の階と同じく細かなブースがいくつもあって、海賊ソフトや怪しげなパーツが陳列されている。グランドフロアに比べるとさらに怪しさが増している。

　一橋は近くのショップから当たっていくことにした。フィガロが店員なのか、客なのかすら分からない。それらしい日本人を何人か見かけるが、誰も合図らしいものを送ってこない。時計を見る。二時を二分ほど回っていた。

　そのときだった。

　突然、フロアの奥の方から破裂するような音が聞こえた。周囲の客たちは一斉に音のした方を向く。一瞬だったが乾いた炸裂音《さくれつおん》だった。その反響がまだ耳に残っている。音はフロアのかなり奥の方から聞こえた。ここからでは商品の並んだ陳列棚や、ブースの間仕切りが邪魔をして見通せない。

一橋は奥の方へ歩み出した。ただならぬ音に胸騒ぎをおぼえた。あの炸裂音は……。

「一橋さん！」

しばらく進むと春菜が青ざめた顔で駆け寄ってきた。

「いまの音……」

彼女の声が震える。

「ああ。銃声に聞こえた」

一橋が答えると、春菜も同じことを考えていたようでこくりとうなずいた。そうしているうちに野次馬たちがフロアの奥の方へ流れていった。一橋と春菜も彼らのあとについていく。奥へ進めば進むほど人数もまばらで、一階の混雑と熱気を思えばここは別世界だ。

一橋と春菜はいちばん奥のパチモノグッズを売っている店にたどり着いた。テレビゲーム機のパチモノが狭い店内に詰め込まれている。そのうち半分は分解されていた。

「一橋さん……あそこ……」

春菜がふるえながら前方を指さした。四、五人の野次馬たちに囲まれて男が倒れている。

男はかじりかけのリンゴのマークがついた黒いTシャツを着ていた。顔面は血で染まっている。その状態で這いずったのか血のあとが床に延びている。

一橋は男に駆け寄った。周囲に人が集まってくる。一橋は肥満体といえる男の体を抱き上げた。頭部を銃で撃たれたようだ。その部分だけ赤黒く浮かび上がっている。男の黒い髪は血でぐしょぐしょに濡れている。額も頬も血で汚れているが、どうやら日本人らしい。

男はいまにも光が消えそうな瞳を一橋に向けると、唇をパクパクと動かした。そのたびに口角《こうかく》から血液が垂れてくる。

「しゃべらなくてもいい。あんた、フィガロだろ？」

一橋が声をかけると男は目を見開いたまま小刻みにうなずいた。

状況からして彼に違いないと思ったが、やはりその通りだった。

「春菜ちゃん、すぐに救急車を呼んでやってくれ」

男がぐうっとうなり声を上げた。必死になって声を出そうとしている。一橋はフィガロの上半身をもち上げた。

「しゃべるなっていってるだろ！　もうすぐ救急車が来る。それまで静かにしてろ」

一橋は男の耳元に向かっていった。それでも男は一橋になにかを伝えようとしている。唇の動きを止めようとはしない。手足はダランと緩《ゆる》んでいる。貪《むさぼ》るように小刻みな呼吸をくり返しているが、それも止まりそうだ。

一橋はフィガロの口元に耳を近づけた。

「めた……も……」

聞き取れたのは三文字だけだった。フィガロはこの三文字だけ最後の力をふりしぼって強調させたようだ。そのあとすぐに首の力が抜け、フィガロの頭は一橋の腕の中で転がった。

「お、おい、しっかりしろ。いったい誰に殺されたんだよ」

一橋はフィガロの体を床に置いて弛緩した体を揺さぶった。フィガロは黒目がちな瞳を見開いたまま動かなくなった。一橋は立ち上がるとフィガロを見下ろした。周囲には野次馬が増えていく。

「めた、も」

一橋はフィガロの最期《さいご》の言葉をつぶやいた。

めた……も。めた、も。めたも。

なんのことだかさっぱり分からない。やはりマイコンとフィガロの間でしか通じない言葉なのだろうか。

「いったいなにがあった？」

突然、ゴルゴさんが野次馬の間から現れた。

「ゴルゴさん……なにやってたんですか！」

「トイレだ」

ゴルゴさんは険しい表情で答えた。視線はフィガロの死体に向いている。

「肝心なときにいないんだから、もう」

一橋は小声で毒づいた。

「私たちが三階に上ってすぐ銃声がしたの」

春菜がゴルゴさんに状況を説明した。彼女の顔は真っ青だ。恐怖を紛《まぎ》らわそうとしているのか、春菜は身振り手振りを使って説明した。

「おまえたちは犯人とニアミスしたわけだな。犯人を見てないのか？」

「僕は見てません」

一橋がたどり着いたとき、店の周囲にはフィガロと数人の野次馬がいただけだ。

「私は人影を見たわ。さっと向こうへ走っていったの」

一橋とゴルゴさんが春菜の方へ顔を向けた。春菜は店の脇を通る細い通路を指さした。薄暗くて人通りはまったくない。

「マジ？」

「ええ。だけど本当に見えたのは人影だけ。フィガロさんを見つける直前だったからあまり気にしなかったの。そのあとすぐに追えばよかったんだろうけど、血だらけのフィガロさんを見て足がすくんじゃって……」

　春菜は顔を伏せながらいった。

「無理もないよ。僕だっていまでも心臓がバクバクいってる」

　一橋は胸を押さえた。鼓動が胸板を叩き、その振動が手に伝わってくる。

「至近距離で一発だな」

　ゴルゴさんがフィガロの頭部を検分した。一橋は乾いた銃声を思い出した。頭がはぜる音を想像して身震いをする。

「やはりマイコンとこの男はなにかを知って消されたようだな。それがいったいなんなのか」

　ゴルゴさんがフィガロの死体を見下ろしながらゆっくりと立ち上がった。

「これで手がかりがなくなったわね」

「僕たちもこれ以上、関わるのはよしましょう。小林くんの言ったとおりだ。下手をすれば僕たちも殺される」

　一橋は斎藤さんが見たという黒髪の女のことを思い出した。やはりあれは彼の幻覚だったのか。

「ねえ、一橋さん。フィガロさんは最期になんていったの？」

春菜が顔を上げていった。青白い頬は涙で濡れていた。その頬に手のひらを当てながら一橋は首をふった。

「もう、よそう。マイコンには気の毒だけど、これ以上首を突っ込まない方がいい」

しかし、「めた、も」という言葉が一橋の頭の中で何度も響いた。

9

一橋たち三人はそのあと駆けつけた警察に尋問された。他の店員や客たちも取り調べを受けたが、犯人をはっきりと目撃した者はいないようで、有力な情報といえば春菜が見たという人影くらいだった。それも犯人のものとはまだ決まったわけではない。

ミカドホテルに戻るとロクさんと小林が玄関で待っていた。斎藤さんはふらつく犬にガン《大》ジャ《麻》の餌を与えている。

「どうだった？」

ロクさんが心配と興味を半分ずつ浮かべたような顔で尋ねてきた。一橋はパンティッププラザで起こったことを詳細に説明した。ロクさんは腕を組んで険しい顔をして聞いていた。

「春菜ちゃんが見たっていう人影は、男か女かも分からないの？」

「え、ええ。フィガロさんを見つける直前だったからまさか犯人なんて思わなかったし、本当にちらっと目の端に映っただけなの。性別どころか、大人か子供かさえ分からないわ」

春菜はすまなそうな顔をして答えた。犯人は間一髪《かんいっぱつ》、現場から逃走したことになる。あと少し遅れていたら春菜や一橋に顔を見られていたことだろう。しかし、もし顔を見ていたら自分たちも撃ち殺されたかもしれない。一橋は背筋に冷たいものを感じた。

しかし、それでもこの事件に対する興味は拭えない。身近な人間が殺されたのだ。それも多くの謎を残して。手がかりだってまったくないわけじゃない。マイコンのパソコンを調べていけばなにか残っているかもしれない。それにフィガロが残した言葉——めた、も。あれはなにを意味するのか。

「だけど偶然なのかな。待ち合わせの時間直後に殺されるなんてさ」

ロクさんが顎鬚を弄《もてあそ》びながらいった。

「どういうことです？」

「いや、だからさ。もしかしたら犯人は、一橋くんたちとフィガロがパンティッププラザで待ち合わせをしていることを知っていたんじゃないかなと思ったんだ」

ロクさんのいうことが当たっているなら、犯人はメールを読んだことになる。しかもそのメールは殺したはずのマイコンのアドレスからのものだ。不審に思うだろう。

「じゃ、じゃあ、犯人は僕たちの存在に気づいたかもしれないってことですか？」

一橋の言葉に春菜の顔色も変わった。

「もしかしたら犯人は、フィガロと一緒にマイコンの名を騙《かた》る人間を消すつもりだったかもしれへんな」

突然、ゴルゴさんが口を挟んだ。「えっ」と一同は彼の方を向いた。

「しかし場所が場所だけにそれができなかったのだろう。多くの野次馬が集まってきたからな。だが、マイコンの名前を騙った人物は確認できた」

「僕のことですか」

一橋は恐る恐る聞いた。

「そうだ。ヤツは俺たちのあとをつけて、このホテルの住人であることを突き止めたのかもしれん。あとはタイミングを見計らって殺しに入るだけや。マイコンのようにな」

「こ……怖いこといわないでくださいよぉ。犯人が誰かなんて全然見当がついてないんですよ」

一橋は怖々と周囲を見渡した。

「ヤツの方はそう思っていないだろう。秘密を知ろうとする者を片っ端から消していくつもりかもしれん」

ゴルゴさんはなおも不吉なことをいう。

「ゴ、ゴルゴさん、なんとかしてくださいよぉ」

一橋は思わずゴルゴの腕にすがりついた。ゴルゴさんはそれを乱暴にふりほどく。

「まあまあ、ゴルゴさんもいじわるなこといわないで。そいつがあのメールを読んだって決まったわけじゃないですよ。よくよく考えてみれば、マイコンさんとフィガロのメールのやりとりを覗き見るなんて簡単にできることじゃないでしょ。今回のことはたまたま偶然が重なっただけのことですよ」

小林の言葉を聞いて一橋は少し気が楽になった。

そうだ。ただの偶然に違いない。ただでさえセキュリティの高いマイコンのメールを覗き見るには相当のスキルが必要だ。

「とりあえずこれ以上関わるのはやめましょう。下手に刺激すると非常に危険な相手です」

と小林が続けた。

「じゃあ、あの女はなんだったのかなぁ」

斎藤さんがガンジャ犬・フィッツジェラルドを連れて話に入ってきた。相変わらず目はうさぎのように充血して顔は真っ青だ。斎藤さんも犬も同じリズムでふらついている。春菜がそれを見て半歩あとずさった。

「きっと斎藤さんお得意のマボロシだよ」

ロクさんがあきれ顔でいう。フィガロの現場に居合わせた一橋としても、腰の曲がった女があそこまでできたとは思えない。

「うーん。アレは絶対にマボロシなんかじゃないよぉ。ちゃんと影もついていたしぃ」

「はいはい。仮に幻覚じゃなかったにしても今回の事件とは無関係だよ。マイコンのヤツ、あぶく銭が入ったんで女を連れ込んだんだよ」

ロクさんがそういうと、「まあ」と春菜が口に手を当てた。

斎藤さんは釈然としない顔でブツブツいいながらホテルの中に入っていった。ガンジャ犬は小林に向かってうなり声を上げている。

「な、なんなんですか、この犬。絶対に僕を目の敵《かたき》にしてますよ」

小林も逃げるようにしてホテルの中に入っていった。

「ただしばらくは警戒した方がいい」

小林の様子に笑いが広がったが、ゴルゴさんだけはムッツリと寡黙《かもく》を気取っている。

「フィガロやマイコンを殺した犯人がミカドホテルの人間ということもあり得る」

ゴルゴさんの言葉にロクさんが気色《きしょく》ばむ。

「そんなバカな。ここにいる僕たちが怪しいっていうのかい。いくらなんでもそんなことというのはひどいよ」

「俺はあくまでも可能性の話をしているだけだ。可能性がゼロでない限り、疑ってかかった方がいい。俺はいままでそうやって生き抜いてきた」

生き抜いてきたというほど命の危険に晒されたことがあるのかいささか疑問だったが、ゴルゴさんがいうと初対面の人はそれらしく思えるだろう。

「昨日のメールにしたってそうだ。俺たちがフィガロと待ち合わせをしているのを知っているのは、フィガロ本人とここの人間だけのはずだ。俺たちの目を避けながらフィガロを殺すことはできないことじゃない」

「そ、そんな……」

と春菜が再び口に手を当てた。

「だけど、どうしてミカドの人間がマイコンやフィガロを殺すんだよ？」

ロクさんが声に怒りを滲ませた。

「いまは分からん。しかし調べていけば分かることだ。とにかく俺がいいたいのは、誰も信じるなということだけや」

「調べていけばってなにか当てでもあるんですか？」

ゴルゴさんはそれには答えず、黙ってホテルの中に入っていった。

外の広場には一橋とロクさんと春菜が残された。

「はあ。あの人はすっかりゴルゴ13になりきってるね。イワモトさんが変身妄想だっていってたけど、あながち間違っていないね、あれじゃあ」

ロクさんがゴルゴさんの背を目で追いながらため息をついた。そして、

「とはいえミカドの人間を犯人扱いするなんてひどすぎるな」

ずれた黒縁メガネを直しながら続けた。フレームにはセロハンテープで補修したあとがある。脂汗とカオサンの塵埃が混ざり合ってガラスの表面には斑点《はんてん》が浮かんでいる。

「そうよね。ここの人たちがマイコンくんを殺すなんて考えらんない。ゴルゴさんもちょっといい過ぎよ」

春菜もロクさんに同調した。

「斎藤さん犯人説を出したのもゴルゴさんでしたよね」

ゴルゴさんはマイコンの死体を見つけたとき、斎藤さんが怪しいといっていた。しかし混雑するパンティッププラザで一橋より先にフィガロを探し出して、銃で撃ち殺したあとすぐにその場を立ち去るなんて芸当があの斎藤さんにできるだろうか。

犯人は一橋たちの目に触れずに間一髪で現場から離れた。相当に大胆で敏捷《びんしょう》な人物と思わ

れる。他の住人ならともかく、斎藤さんはいち早く消去できる。しかし、あのジャンキーぶりも演技だったとすればそうともいえないか。

「いかんいかん。もう関わるのはやめようっていったのにどうしても考えちゃうよ」

一橋は頭をふりながらいった。怖い怖いといいながらも、好奇心は根強く頭を出している。今夜も眠れそうにない。

「それじゃあ、おやすみなさい」

春菜の帰りを見届けて、一橋とロクさんはホテルに戻った。

「じゃあ、おやすみ」

ロクさんはフロントに立つオーナーにも手を振るとそのまま自室に戻っていった。

マイコンの部屋の前を通ったとき、生き残ったマッキントッシュのことが気になった。フイガロが最期に残した言葉「めた……も……」。

あのパソコンの中になにか重要なデータが残っていて、それを開くパスワードかもしれない。

一橋はマイコンの部屋の前に立った。好奇心が恐怖を抑え込んでいる。

「ちょっとだけ覗いてもいいよな」

一橋は警察のロープをくぐってマイコンの部屋の中に入った。主人のいなくなった部屋は肌寒く感じた。中は壊されたマシンたちが転がっている。世界中の高価なソフトや、貴重なデータが詰め込まれていたマシンたちもいまとなってはがらくたに過ぎない。

一橋は唯一の生き残りであるマッキントッシュの電源を入れた。

しかし、電源ランプは点灯しない。さらに起動も始まらない。

「あれ？　おかしいな」

一橋はもう一度スイッチを押した。しかし今朝まで動いたマシンはうんともすんともいわない。一橋はパソコン本体の背面を覗き込んだ。起動しない原因がすぐに分かった。

「ここだ……」

ファンの通風口が真っ黒に煤けていた。マシンがショートして煙を噴いたのだ。

一橋は息苦しさを感じてシャツの胸ぐらをつかんだ。

マシンのショートは偶然とは考えられない。明らかに誰かの手によるものだ。午前の時点で本体はまだ動いていた。フィガロから新しいメールが来てないか確認するために一橋が起動させたのだ。だいたい午前の十時過ぎだったから、壊されたのはそのあとということになる。

部外者がホテルに侵入して、マイコンの部屋に入り込もうとするなら昼時くらいしかチャンスがない。マイコンの部屋に入るためにはどうしてもフロントの前を通らなければならない。昼間はオーナーが立っているが、昼になると外の屋台に出かけていく。いつもはだいたい三十分くらいで戻ってくる。

外から入り込んだことを考えて窓を調べてみたが鍵がきちんとかけられていて開かない。ガラスも破られたあとはない。

一橋はロクさんの部屋をノックした。ロクさんに事情を説明して、オーナーに昼間マイコンの部屋へ入った者がいなかったか聞いてもらった。オーナーは昼の十二時から二時間ほど昼休みを取ったが、その間は奥さんがカウンターに立っていたという。だから今日一日、カウンターが無人になることはなかった。その間の出入りは住人だけだったという。

「犯人はもう一度、あの部屋へ戻ってマシンを壊したんだ」

「でも犯人はどうやってマッキントッシュのことを知ったんだろう？　フィガロに送ったメールからかな」

ロクさんがフロントのカウンターを指でこつこつと叩きながらいった。

一橋は目を閉じる。マイコンが殺されてからいままでのことを順を追って思い出してみた。考えれば考えるほど信じたくない推理が浮かび上がってくる。

「ここだけの話なんですけど……」

「うん？」

「マイコンを殺した犯人は必ずしも外部の人間とは限らない気がするんです」

「どういうこと？」

「つまりミカドホテルの住人だということ」

「そんなバカな……。一橋くんまでそんなことというのかい？」

「僕だってそんなこと信じたくありませんよ。ただいろいろと考えてみるとその可能性も捨て切れないんです」

ロクさんは信じられないといわんばかりに、投げやりに両手を虚空に広げた。

「どうしてここの人間がマイコンを殺すんだよ？」

「どうやらマイコンは大金を手に入れた、または手に入れるチャンスに恵まれたことは間違いない。ゴルゴさんのいうように、金銭目当てということだってあり得ます」

「まさか……」

「じゃあ、ロクさんはチワワさんや斎藤さんたちに限って絶対にないっていい切れます？」

「い、いや……」

ロクさんは困ったような顔を向けた。

「大金がからめば分からん……かな。けっこう平気で嘘ついたりするところもあるし」

「そうでしょう」

一橋は自分で言ってうなずいた。すでにモラルから大きく外れたところで生きている連中だ。大金のためなら一人くらい殺せるかもしれない。

「マッキントッシュが一台だけ生き残ったことを知ってるのは、ミカドの住人と春菜ちゃんだけです。外部の人間がそれを知ることは不可能ではないけど難しい」

「ハッカーが外部からフィガロやマイコンのパソコンに侵入した可能性もあるぞ」

「もちろんそう。ただマイコンやフィガロのパソコンには、外部からのハッキングに対してそれなりのセキュリティが施されていたはずです。彼らもハッカーだからそういうことにはこだわってる。だから第三者がセキュリティを破って侵入してくるのは困難だと思うんです」

「なるほど」

「いずれにしても犯人は、僕たちとフィガロがプラザで待ち合わせをしたことを知っていたのは間違いない。だけどフィガロの顔までは知らなかったんじゃないかな」

「どうしてそう思うの？」

ロクさんが首を傾げながらいった。

「もし犯人がフィガロの素姓や所在を知っていたなら、なにもあんな人混みの中で危険を冒してまで殺したりしないでしょう。フィガロの自宅とか、もっと安全な場所を選びますよ」

「たしかにそれはいえるね。マイコンだって部屋で殺られたわけだし」

「それに外部の人間が生き残ったマシンを破壊するために、この部屋に入り込むのも難しいですよ」

「そうかなあ」

ロクさんがまたも首を傾げた。

「そうですよ。僕が最後にマシンをいじったのが今日の午前十時過ぎです。もう一度、フィガロとの待ち合わせ時間と場所をチェックした。そして彼から新しいメールが来てないか確認したんです。向こうの都合が悪くなって中止や延期を告げてくるかもしれないでしょ」

「その時点ではまだ壊されてなかったわけだね」

一橋は首肯《しゅこう》した。

「それから僕はゴルゴさんと春菜ちゃんの三人でプラザに向かった。それがだいたい午前十一時過ぎです」

「じゃあ、犯人はそれ以降にマシンを破壊したというわけか」

「そうです。外部の人間がマイコンの部屋にあるマシンを壊すためには、玄関から入ってどうしたってフロントの前を通らなきゃならない。今日一日フロントは無人になってないんです」

つまりマイコンの部屋に入るためにはオーナー夫妻の目の前を通らなければならない。しかし彼らは、訪問客が一人もいなかったと断言している。

「部屋の窓から侵入したとは考えられないかな」

「窓には鍵がかかってました。ガラスも破られたあとはなかった」

ロクさんが腕を組んで「うーん」となる。

「でもミカドの住人たちなら可能です。マイコンの部屋はフロントの隣にあるでしょう。フロントカウンターはちょっと奥まっているから、マイコンの部屋の扉はこうやって体を乗り出さないと見えない」

一橋はカウンターから身を乗り出してみた。カウンターから思いっ切り乗り出せばマイコンの部屋の扉を視認《しにん》することができる。しかしフロントに立っているだけではマイコンの部屋の扉は死角となる。さらにマイコンの部屋には鍵がかかってなかった。

「ホテル内部の人間なら、音さえ立てなければオーナーに気づかれずに入り込むことは可能です。ただ部外者が入ってくるにはどうしてもフロントの前を通るから、オーナーに気づかれずにというのは不可能です」

一橋はフロントの前に立って玄関を眺めてみた。ここからだと玄関全体を見渡すことができる。オーナーの目を盗んでフロントを通り抜けることは絶対に不可能だ。オーナーが居眠りをしていれば話は別だが、そういうことはなかったらしい。

「犯人捜しはするのかね？」

「ええ。ついさっきまでマフィアだと思ってビビっていたんですけど、身内が犯人となると放ってはおけませんからね」

「目星はついているの？」

一橋は今日のパンティッププラザの出来事を思い浮かべた。

グランドフロアに入ったときは三人一緒だったのに、途中でゴルゴさんとはぐれてしまったので春菜と二人で三階に上がった。フィガロの死体を見つけてしばらくたってからゴルゴさんが現れた。本人はトイレに行っていたというが、本当かどうかは分からない。

一橋はそのときの様子をロクさんに説明した。

「つまり先回りしてフィガロを殺害したというわけかね」

一橋は「はい」とうなずいた。もしそうなればゴルゴさんはなんらかの方法で拳銃を調達していたということになる。

「時間的に苦しくないかな」

「そうですか？」

一橋は小首を傾げた。

「僕たちもフィガロのことは偶然知ったんだ。君のいうとおり、おそらくゴルゴさんはフィガロの顔を知らない。つまり今日が彼にとってフィガロの口を封じる唯一のチャンスだったんだ。殺すこと自体は銃弾一発撃ち込めばいいだけだからそんなに時間はかからないだろうけど、あの人混みの中から日本人であること以外に特徴も知らないフィガロを見つけ出すことはたやすいことじゃない。あのフロアには日本人が何人もいたんだろ」

「そうですね」

ロクさんのいうことはもっともだ。

メールには「三階の例の店で待つ」とあった。マイコンやフィガロの行きつけの店なのだろう。しかしその店をゴルゴさんが知っていたとは思えない。そうはいってもフィガロは何者かによって撃ち殺された。それは紛れもない事実だ。

「それにマイコンはともかく、なんでゴルゴさんがフィガロを殺さなくちゃならなかったのか。マイコンの金が動機ならマイコンを殺せば目的は達成されるだろ。マイコンと面識のないフィガロを殺す必要はないよ」

「そうですよねえ……」

たしかにそうだ。なにもフィガロを殺す必要はない。それもあんなに人がたくさんいるパンティッププラザで。リスクが高すぎる。

「ゴルゴさんかどうかはともかく……犯人は、なんとしてでもフィガロを一橋くんたちに会わせたくなかった。しかしフィガロが誰なのか分からない。それでもなんとかギリギリで特定して、君たちがたどり着く直前に殺害することができた……と考えるのが妥当かな」

「ゴルゴさんだと時間的に難しいですかね？」

「うーん。どうだろ。もちろん不可能ではないね。たまたま偶然、すぐにフィガロに行き着いたということだってあり得る」

「それにもしフィガロを見つけ出すことがその時点でできなかったとしても、他の方法を考えていたかもしれないですよ」

「そうだね。どちらにしてもゴルゴさんが姿を消していたというのは怪しいね。本当にトイレに行っていたかどうか、ウラを取るのは現実的には不可能だろうし」

「だけど、どうしてゴルゴさんがフィガロを殺さなくちゃならないのかという疑問は残りますねえ」

「金じゃないかもよ」

ロクさんの言葉に一橋は目を細めた。

「どういうことですか？」

「動機のことだよ。こう考えてはどうだろう。マイコンはゴルゴさんに関する秘密を知ってしまった。出生に関することかもしれないし、犯罪歴のことかもしれない。それがなんであるかはともかく知ってしまった。そこでそれをネタにゴルゴさんを強請って金を得た。また は得ようとした」

「それで羽振りのいいことをいい出したんですね」

一橋はぽんっと手を叩いた。

「しかしゴルゴさんはそんなマイコンを許さなかった。夜、マイコンの部屋を訪れて彼を殺害する。そしてゴルゴさんの秘密が記録されているパソコンをすべて破壊した」

「破壊したつもりだった、ですよね。ベッドの下には気づかなかった」

一橋はテンポ良く先読みする。

「そう。そのあと、ベッドの下のマッキントッシュを君が見つける。君が内容を調べているところにゴルゴさんが入ってきたよね」

「きっとゴルゴさんは内心穏やかじゃなかったでしょうね。ベッドの下のマッキントッシュは見逃してた」

「そのマッキントッシュを調べていたらメールの中にフィガロという人物を見つけ出した。マイコンは彼にその『データ』を送っている。どうやら彼も『ゴルゴさんの秘密』を知っているらしい。そのフィガロに君たちは接触を試みる」

「あのときはポーカーフェイスだったけど、相当焦《あせ》っていたでしょうね、ゴルゴさん」

「君たちにフィガロを会わせてしまえば、秘密がばれてしまうかもしれない。なんとかその前にフィガロの口を封じてしまわなければならない。ゴルゴさんは君たちのボディーガードを引き受けた。でも本当の目的はフィガロの殺害だった」

「そしてその目的は見事に果たすことができたというわけですね」

「うん。ついでに残されたマッキントッシュもこっそりと破壊しておいた。これで完全に秘密は秘密になったわけだ。どう？　僕の推理は悪くないだろ」

ロクさんが満足げに微笑んだ。

「ただ……最後のパソコンが壊されちゃいましたからねえ。あの中に手がかりが残されていたと思うんだけど」

「だからこそ破壊したんだよ」

ロクさんが悔しそうにいった。

「あとはフィガロのパソコンですね。マイコンの送ったデータが残っているかもしれない」

「なるほど。よし分かった。フィガロの住所は僕が調べてみよう。情報通の知り合いに尋ねればすぐに分かると思う。彼のパソコンが他人の手にわたる前に中身を調べてみよう」

ロクさんは勢いよく立ち上がると、弔い合戦を決意したように表情を引き締めた。

10

一橋は画面の前で大きな欠伸をした。周りでは日本人バックパッカーたちが思い思いにメールを書いたりネットサーフィンを楽しんでいる。

ここはカオサン通りにあるインターネットカフェ「J」だ。カオサンには多くのインターネットカフェがあって、どこも貧乏旅行者たちで盛況だ。いまや世界中のパソコンがつながったおかげで海外に行っても簡単に家族や会社と連絡がとれる。自分のホームページに旅行記をアップしている者も多く、彼らはデジカメで撮影してきた画像を貼りつけては一日一日の出来事を日記としてまとめている。きっと彼の家族や友人がそれを見て安否を確認しているのだろう。

一橋は欠伸を噛みしめた。昨夜は興奮して眠ることができなかった。マイコンの死、フィガロの死、破壊されたマッキントッシュ。頭の中にさまざまな推理が駆けめぐった。いまのところ、ゴルゴさんが怪しいと見ている。しかし証拠もないし、動機も手口も憶測に過ぎない。それにゴルゴさんは自分から「犯人はミカドホテルの中にいる」といった。もしゴルゴさんが犯人だったら自分からミカドホテルに限定するようなことをいい出すだろうか。

退屈しのぎに店のマガジンラックに入っている雑誌をパラパラとめくった。タイの雑誌なので、タイ語ばかりで読めないが写真が多数掲載されている。そのうちの一つに目を奪われた。ページの半分を占める写真に床に血だらけで転がっているフィガロが写っていた。タイの雑誌は生々しい死体の写真をそのまま掲載する。パンティッププラザでの射殺事件を紹介しているようだ。煽動的な妙に仰々しい字体からしてゴシップ記事らしい。

「なにを指さしてるんだ？」

一橋は写真を眺めながらつぶやいた。

フィガロはだらんと床に寝転んだまま、右手の人差し指を真横に向けていた。なにかを指さしているように見える。しかし写真はその先で途切れてしまっているので彼がなにを指しているのか分からなかった。

それともたまたま指さしてるように見えるだけか……。

「あれ？　一橋……だよね」

突然、隣に座っていた男が一橋に声をかけてきた。年齢は一橋と同じくらいだろう。よれよれのTシャツ姿の男は斎藤さんのように目を真っ赤に充血させていた。男は浅黒いこけた頬をなでながら一橋の方を向いていた。指にはどくろマークのクロムハーツをいくつもはめて、首にも似たようなネックレスを垂らしている。一橋にとっても見覚えのある顔だった。

「トオルじゃないか。どうしたよ、こんなところで」

トオルの顔を見るのも数週間ぶりだ。ヤワラー《中華街》の旅社に投宿してたはずだ。

「最近、カオサンに越してきたんだ。クロケンのことは知ってるだろ」

「ああ。トオルが第一発見者だって聞いたよ」

「警察のヤツらには犯人扱いされるし、たまらなくなってヤワラーを出たんだよ。そのあとプノンペンに行ったんだけどさ」

プノンペンとはタイの南東に位置するカンボジアの首都である。

「あそこはひでえ国だな。一日でイヤになっちゃってすぐに戻ってきたんだよ。もうヤワラーはこりごりだから今度はカオサンに決めたってわけ」

「それで疑いは晴れたの？」

「さあな。警察も本腰いれて捜査しているようには見えなかったな。クロケンが誰に殺されようがどうでもいいんだろ」

トオルは床に唾を吐いた。

「こっちはマイコンが殺されたよ。マイコン知ってる？」

「ああ。マイコンってやつのことは知らないけど、事件は知ってるよ。犯人は捕まったのか?」

「いや。まだだ。こっちの警察じゃあ、あんまり期待できそうにないけどね」

「いえてるな」

トオルはだらしなく黄ばんだTシャツの中に手を突っ込んで、ボリボリと腹を掻きながらいった。クスリのせいか充血した瞳はどんよりと曇ってる。顔立ちは違っても伝わってくる空気は斎藤さんと似ている。二人とも相当のジャンキーだ。

「もっともクロケンは殺されて当然のオヤジだ。あいつはこちらのマフィアともつながっていたらしい」

「そうなの?」

一橋は驚いた。現地のマフィアとつるんでいるバックパッカーがいたなんて。

「ああ。外国から高飛びしてきた犯罪者たちにホテルや偽造パスポートの手配をするブローカーだ。金さえ払えば臓器売買や人身売買でもなんでもやるって話だ」

トオルは吐き捨てるようにいった。

「へえ、チンケなオヤジだと思ってたけど、結構すごいことやってたんだね」

「すごかねえよ。末端の使いっ走りに過ぎんからな。最後は薄汚ねえ娼婦に殺られてんだ。

どうせ金を踏み倒そうとしてトラブったんだろ。殺されるのは勝手だけど、俺にまで迷惑かけんじゃねえよ」

　斎藤さんも同じような女を見たといっていたことを思い出した。

「たしかすごく長い髪の女だって聞いたけど」

「俺もこの目ではっきり見たんだよ。気持ち悪いくらいに髪が長かったな。腰は曲がってるし服はヘンだしまともな女じゃねえよ」

「ほんとにそんな女を見たのか？」

「なんだよ、お前まで。俺が嘘ついてるってか」

　ぼんやりとしたトオルの目が険しくなった。

「いや、そういうわけじゃないけど……実はマイコンが殺されたときも同じような女を見たっていう人がいるんだよ」

「マジかよ？」

　トオルの表情に驚きが広がった。

「でもさ、君と同じでドラッグジャンキーなんだよな」

「失礼な。俺みたいな上級者はいくらマボロシ見てても、それが現実じゃないってことくらいちゃんと把握してるんだよ。飯の上に毛虫が這ってても気にしない。熱い飯の上を毛虫が逭えるわけねえんだ。合理的に考えりゃマボロシだってすぐ分かる。初心者はそこまで頭が回んねえんだよ。というわけであの女は幻覚じゃねえ。間違いなくあそこにいた。そこんとこヨロシクって感じだ」

トオルの虚《うつ》ろな目が充血を増す。彼はゴシゴシと両目をこすった。いまも一橋に見えないなにかがテーブルの上を彷徨《さまよ》っているらしい。

「顔は見えなかった？」

「ああ。髪が邪魔で見えなかった。やたらとボリュームがあって長かったからな。タイ人なのか外国人なのかすら分からなかった」

「斎藤さん……その女を見たっていうジャンキーなんだけど、彼も同じことをいっていたよ。やっぱり同じ女なのかな？」

斎藤さんもその女の髪がやたらと長くてボリュームがあると表現していた。

「いま思えばカツラだったかもな」

トオルが腕を組んで天井を見上げながらいった。眼球がせわしく動いている。なにかが飛んでいるらしい。

「カツラ？」

「ああ。あの長さとボリュームは不自然だったというか違和感があったね。顔を隠すための小細工だったかもな。腰を曲げてヘンテコな歩き方をしたのも、やたらとブカブカの服を着ていたのも自分の身長や体形をごまかすためだったかもしれない。いま思えばな」

トオルがこけた頬をさすりながらいう。そのたびに垢《あか》がボロボロとテーブルに落ちる。

「てことはさ。そいつが男か女かも分からないってことだよね」

一橋の脳裏《のうり》に恐ろしい推測が浮かんだ。斎藤さんの見た女というのがもし幻覚じゃなかったら……。犯人は黒髪の女に変装してマイコンを殺した。そのあと、フィガロを殺した。それだけじゃない。クロケンをも殺したのかもしれない。

ゴルゴさんがカツラをつけて、ブカブカの服を着て腰を曲げて歩けば、斎藤さんもゴルゴさんだとは思わないだろう。もしゴルゴさんがクロケンを殺していたとしたら、一体彼らの間になにがあったというのだろう。やはりマイコンやフィガロと同じように秘密を握られて強請られていたのか。

「わけが分かんなくなってきたよ」

一橋は頭を抱え込んだ。本当に分からないことだらけだ。

「まあ、いい気味さ。俺もクズには違いないけど、クズにはクズなりの仁義ってのがあるわな。クロケンはそれをことごとく踏みにじってきたんだ。自業自得《じごうじとく》ってやつだよ」

トオルは気怠《けだる》そうに立ち上がった。

「トオル。これからどうすんだよ？」

「そうだな。死ぬまで暇つぶしだ」

トオルは破顔した。そして一橋の肩を叩くとカフェを出ていった。

「カツラか……」

一橋は虚空に向かってつぶやいた。クロケンを殺した犯人は長い髪のカツラをもっているかもしれない。

突然、パソコンからチャイムが鳴った。

一橋宛にメールが届いたのだ。開いてみると妹からだった。彼女は歌舞伎役者と人気女優のお忍びデートなど日本のワイドショーネタを定期的に送ってくれる。文面を開くと消費者金融ハッピーバンクの強盗放火殺人犯と思わしき人間が逮捕されてワイドショーが騒いでいると書かれている。捕まったのはあのポケットティッシュの似顔絵の男のようだ。

「あのアンパンマンか」

一橋はクスリと鼻を鳴らすと、妹宛に近況メールを送信した。

11

廃墟のようなミカドホテルと比べると春菜が滞在しているゲストハウスは天国だ。壁は多少の黄ばみと傷があるが気が滅入るほどではないし、エアコンも設置されているので窓を閉め切ることができる。カオサンの排気ガスや塵埃で淀んだ熱気と騒音をシャットアウトできる。ベッドのシーツも枕カバーも清潔で、鼻を衝くような糞尿の臭いも生ゴミの腐ったような臭いもない。窓が大きいので部屋の中も明るい。

「コーヒーと紅茶どっちがいい？」

艶やかな髪を後ろで束ねた春菜は右手にインスタントコーヒーの瓶、左手にティーバッグの束をもっていった。

「じゃあ、コーヒーにしてもらおうかな」

「了解」

今日の春菜は薄ピンクのタンクトップに細めのジーンズをはいている。熱帯の紫外線を浴びているわりに彼女の肌は白くきめ細かい。

春菜は湯気の立つマグカップを一橋の前に置いた。香ばしい香りが心地よく広がった。

「そのコーヒーで私の指輪を流し込んで」

「指輪ってこれかい？」

一橋はポケットから取りだした。プラトゥナーム市場で春菜がくれたものだ。同じものをゴルゴさんももっているはずだ。バンコクの若い娘たちの間で、意中の相手に指輪を飲ませると愛が成就するというまじないが流行っているらしい。

「飲むのは勘弁してくれよ」

一橋は埃っぽい指輪に息を吹きかけた。赤錆が浮いている。

「一橋さんは彼女さんはいないの？　一橋さんなら女性も放っておかないと思うけど」

「お世辞でも嬉しいね。残念ながらいまはフリーだよ。この年齢になるとね、どうしたって結婚を意識したつき合いになるだろ。いまのこんな生活を続けているようじゃ結婚なんて無理だよ。朝起きて決まった時間に出社して、家族のために働いて、決まった給料の中で自制的な生活を送る。恋人ができて彼女との結婚を意識したとき、そういう生活に戻れるか自信がないんだ」

「ふーん。でも女の子って安定とか安心だけを求めてるわけじゃないわ。そんな決まったレールの上を進むような人生なんて面白みがないもの。むしろ私なんかは貧乏旅行とかそういう経験をもつ人に高いポイントつけるわよ」

春菜が自分の紅茶にミルクを注ぐ。ミルクは琥珀《こはく》色の液面にうずまきを描きながら流れていった。

しかし「そういう経験」が現在進行形で未来形だったらどうなんだろう。聞くだけ野暮な

ので、

「春菜ちゃんもフリーだって聞いたけど。それからいい人は見つかったかい？」

と尋ねた。

「いいえ。まだこの旅を楽しみたいから恋人はいらないの。でもタイプからいったら小林くんかなあ」

「へえ、小林くんか。たしかに彼はイケメンの好青年だね。ちょっと気弱なところがあるけど」

マイコンが聞いたら泣いて悔しがったろうなあと苦笑した。

「小林くんと一緒に写った写真よ」

春菜が一枚の写真を見せた。マイコンが自慢の高性能一眼レフデジカメで撮ってくれたものらしい。

「イケメンなんだけど、神経質でおどおどした感じがちょっとねえ」

春菜のいうとおり顔立ちはシャープに整っている。しかしその目つきから、小動物を思わせる気弱な警戒心がどことなく窺える。

「あの小林くんじゃ、ミカドはきついかもしれないね。まあ、それだけ彼がまともな人間ってことなんだけどさ。でも春菜ちゃん、あいつが好みなんだ」

「あくまでもタイプってだけで好きってわけじゃないわよ」

「僕はてっきり日本に彼氏がいるのかと思っていたよ」

突然、春菜が顔をうつむけた。まずいことを口走ってしまったか。一橋は「悪い」と声をかけた。しばらく顔を伏せていた春菜だが、顔を上げると寂しそうに笑った。

「実はね……いたんだ。つき合ってる人。でもね、事故で死んじゃった」

春菜は暗くなる雰囲気を嫌ったのか「あはは」と笑った。しかし表情に浮かんだ哀しみの影は消せないようだ。

「そう……だったんだ。悪いこといっちゃったな」

「ううん。いいの。気にしないで。もう随分立ち直ってるから。この旅を始めたのも彼の死がきっかけだったの」

春菜は、一流企業の正社員という肩書きを捨てて日本を飛び出した。ミカドホテルの住人たちの間では、恋人にふられての傷心旅行と噂されてきた。しかし、真実は死に別れという悲劇だった。

彼女はそっと目元を拭っている。一橋はこれ以上触れないことにした。

「それはそうと、ベッドの下のマッキントッシュが誰かに壊された」

「え？」と春菜は濡れた目を丸くした。一橋は昨日のことを詳しく説明した。そして外部の人間がオーナーに気づかれずにマイコンの部屋に侵入することは不可能（に近い）という話もした。そして午前中にトオルから聞いた話も伝えた。しかしゴルゴさんが怪しいという一橋の考えは伏せておいた。あくまで憶測に過ぎないし、妙な誤解を招きたくない。

春菜は一橋の話を神妙な顔をして聞いていた。どうやら亡くなった恋人のことは頭から離れてくれたらしい。

「わざわざリスクを冒してパソコンを壊しに戻るくらいだから、犯人にとって致命的なデータが残っていたのね。やっぱりマイコンくんはそれで犯人を脅迫していたのかしら？」

「たぶんそうだと思う。僕たちの前では、資金が乏しくなってきたから一時帰国するっていってたよね」

「ええ。ビフォーアフターで遊んでいたときのことでしょ」

「ところがそのあと車を買うとか引っ越しをするとか、急に金回りがいいようなことを言いふらしているんだ」

「マイコンくんが犯人を強請ったのね。マイコンくんもバカよ。そんなことで命を落とすなんて……」

春菜が悔しそうに握り拳《こぶし》に力を入れた。

「その犯人がミカドの中にいるかもしれないんだ」

「そんなの信じたくないわ。ミカドの人たちは私にとって大切なお友達よ。マイコンくんが亡くなったってだけでも辛いのに、犯人がその中にいるなんて胸が張り裂けそう」

「もちろん、絶対にそうだとは決まったわけじゃない。ただそうじゃないと説明がつかないことが多いんだよ」

それを聞いて春菜は悲痛さを吐き出すようなため息をついた。

「じゃあ一橋さんも容疑者の一人なのね」

「そういうことになるね」

一橋は鼻を鳴らした。

「でもあなたは違うわ。銃声を聞いたとき私はあなたと一緒にいたもの。少なくともあなたはフィガロさんを殺してない」

一橋は銃声がしたときのことを思い浮かべた。

「いや。正確には銃声がしたときは一緒じゃなかった。そのときには手分けをしてフィガロを探していたからね。一緒になったのは銃声がしてから二、三十秒後だった」

春菜が目を細めた。

「そういえばそうだったわね。ということはお互いにアリバイがないってことじゃない。私も容疑者になるの？　マイコンくんやフィガロさんを殺した容疑者に」

「ミステリ小説や映画なら面白いんだろうけどね。三階に上がってフィガロを探すために君と分かれてから銃声がするまで約二分だろ。その間に面識のないフィガロを探し出して、撃ち殺して、何食わぬ顔をして戻ってくるなんてさすがに無理がある。それに君にはマイコンのパソコンを壊せる機会がなかったはずだ。昼間は一緒にパンティッププラザだったし、帰ってからも君は一度もミカドには入っていない。君を犯人とするには無理がある……」

「ちょっと待って！」

いきなり春菜が一橋を制した。

「そういえばゴルゴさんは？　パンティッププラザに入るなり行方不明だったじゃない」

一橋は答えなかった。自分の口から言えなかった。

春菜はそんな一橋を見つめながらこめかみに人差し指を当てた。そしてゆっくりと眉をひそめた。

「いま思い出してみると、あのときのゴルゴさん、なんか変だった。パンティッププラザに入ってしばらく私の隣にいたの。だけどずっと向こうの方を眺めているみたいだった。『どうしたの？』って聞いたけど『なんでもない。気にするな』って返事だったわ。そのあと、人混みをかき分けながらあなたとエスカレーター前までたどり着いたとき、ゴルゴさんがいないのに気づいたの」

「ゴルゴさんが眺めていた方にはなにがあった？」

「もう片方のエスカレーターよ」

一橋はパンティッププラザの内部を頭に思い浮かべてみた。プラザは一階がグランドフロアで天井まで吹き抜けのホールになっている。建物の端と端に上がりと下りのエスカレーターが一対ずつ設置されていて、どちらを使っても上の階まで行けるようになっている。建物の端から端までおそらく三十メートルもないと思うが、とにかくグランドフロアは小さな出店と人で大混雑を起こしているので、物理的な距離以上のひらきがある。それで人の流れを効率よくするために二台のエスカレーターが設置されたと思われる。もしエスカレーターが一台だったら長蛇の列になってしまう。

「もう片方のか……」

ゴルゴさんは人混みに姿をくらませて、大急ぎで向こう側のエスカレーターへ移動する。一橋たちより先に三階に上がり、一橋が着く前にフィガロを特定する。そして射殺……。

一橋の脳裏にゴルゴさんを視点とした映像が浮かび上がる。

「まさか……ゴルゴさんがフィガロさんを、なんてことあり得ないわよね」

春菜も一橋と同じ推理をはじき出したようだ。すがるような目を向けてくる。一橋はなにも答えられなかった。

「信じられない……あの人が人を殺すなんて……。でもミカドホテルの誰が犯人でも同じように信じられないって思うだろうけど」

「クロケンの件もある」

一橋はトオルの話をした。トオルは、黒髪の女はカツラによる変装ではないかと話していた。春菜は気味悪そうに顔を背けた。

「もしゴルゴさんが一連の事件の犯人なら、やっぱりクロケンさんもゴルゴさんの秘密を握っていて強請ったってこと？　だったらマイコンくんはその秘密をどうやって知ったのかしら？」

「それは分からない。マイコンのパソコンが壊されたいま、フィガロのパソコンを調べるしかない。フィガロの住所はロクさんが調べてくれているけどね。あとはフィガロの残した言葉だけだ」

めた……も……。

フィガロが死の間際に残した言葉だ。

「人名なのか地名なのか、もっと別のものなのか。それだけじゃ、見当もつかないわ」

「なにかのパスワードかもしれないって思ってるんだけど」

仮にパスワードだとしてもなんのパスワードなのかまったく分からない。もし、それが破壊されたパソコンの中にあったとしたら、この言葉はもはや手がかりにもならない。

「実はマイコンくんのパソコンはもう一台あるの」

春菜の言葉に「へっ？」と一橋は素《す》っ頓狂《とんきょう》な声を上げた。

「マイコンのパソコンは全部壊されたはずだけど……」

「実は私、マイコンくんからノートパソコンを一台借りているのよ」

春菜は立ち上がるとデスクの引き出しから、黒いケースで覆われたノートパソコンを取り出した。マッキントッシュのノートだ。もちろん破壊されたデスクトップ型のマッキントッシュと同じOSで動く。

「呆れた。いったいあいつは何台もってんだ」

「私、この美容整形ソフト（ビフォーアフター）が気に入っちゃっていろいろと試してみたいなあっていったの。そしたらこのマシンを貸してくれた。もちろんすぐに返すつもりだったけど、こんなことになっちゃったから、どうしていいか分からなくて困ってたの」

一橋は以前、マイコンがノートパソコンをもち歩いていたのを思い出した。

「ちょっと見せて」

一橋は電源を入れてパソコンを起動させた。心地よいファンファーレとともにパソコンが立ち上がる。中を調べてみると美容整形ソフトとビジネスソフトが入ってるくらいでこれといって怪しいソフトはない。ネットにも接続していないようで電子メールもブラウザも設定すらされていない。あまり使い込まれた様子もなく本体もきれいだった。一橋は丹念に内部のデータを調べてみたがゴルゴさんを含めて他人に対する個人情報らしいものは一つも見あたらなかった。

「やっぱり問題のデータは壊されたパソコンの中にあったのよ」

春菜は画面を見ながらため息をついた。

「どうしたらいいかな？　これ」

「とりあえず僕が預かっておくよ。このパソコンのことは内緒にしておいた方がいい。もしゴルゴさんが……犯人が嗅《か》ぎつけたら君も危険だ。この部屋に入り込んでくるかもしれない」

春菜の顔がサッと青ざめた。

「そ、そうだよね。じゃあ、お願いします」

一橋は春菜からノートパソコンを受け取った。

「マイコンくんの形見だね」

春菜の声は寂しそうだった。

＊

春菜にマイコンのノートパソコンを外からでは分からないように梱包《こんぽう》してもらい、伊勢丹バンコク店の紙バッグに入れた。ミカドホテルへもち帰るときに他の住人に見せないようにするためだ。ミカドホテルに到着するといきなり玄関からゴルゴさんが出てきた。いつもランニングかポロシャツだが、今日は黒いスポーツウェアを纏っている。靴はランニングシューズだ。大きめのボストンバッグを肩に掛けている。

一橋は慌ててパソコンの入ったバッグを胸に抱えた。

「なんだ、それは？」

一橋の慌てぶりを見てゴルゴさんが眉をひそめる。よりによっていちばん見られたくない相手だ。

「え、ああ……本ですよ、本。伊勢丹で買ってきたんです」

我ながらうまいいいわけだと思った。ノートパソコンが入ってるのは伊勢丹の袋で、伊勢丹には日本の書店が入っている。だから不自然ではないはずだ。

「本にしては大きいな」

ゴルゴさんが三白眼で睨みつけてくる。一橋は半歩あとずさった。

「が、画集なんですよ。大きいでしょ」

画集ならノートパソコンくらいの大きさのものはある。うまい出任せだと思った。

「画集だと？　お前は美術に興味があったのか？」

「バカにしないでくださいよ。こうみえてもアートにはうるさいんですよ」

ゴルゴさんはじっと一橋の瞳を見据えている。一橋は目をそらすことができなかった。そらしてしまえば嘘をついていると悟られそうな気がした。彼のカミソリを思わせる鋭利な視線に体中が金縛りにあったように動けなかった。迫力だけは本物のゴルゴ13だ。

「誰の絵だ？」

なおもゴルゴさんは突っ込んでくる。実際、アートなんぞにはまるで興味がない。名前を知っている画家なんて数えるほどしかいない。

「ダリの絵だ……なんちゃって」

ダジャレをとばしたが、ゴルゴさんは眉一つ動かさない。

「すいません、つまんないですよね」

慌てて一橋は愛想笑いを浮かべた。しかしゴルゴさんの表情は変わらない。射抜《いぬ》くような視線を一橋の目から外そうとしない。一橋は目の奥側が痛くなってきた。

「と、ところでゴルゴさん。そんな格好してどこに行くんですか?」

全身黒のスポーツウェアに身を固めたゴルゴさんに尋ねた。するとゴルゴさんの視線がさっと外れた。

「お前には関係のないことだ。絵を見てマスでもかいてろ」

ゴルゴさんはボストンバッグを肩にかつぐと、ホテルの外へ出ていった。

「エロ本じゃねえっつうの」

毒づきながらも一橋は安堵のため息をついた。なんとか上手《うま》くやり過ごせたようだ。しかしゴルゴさんの格好が気になった。彼があんな服で外に出るところを見たことがない。これからジョギングにでも行くのだろうか。だがジョギングにボストンバッグは邪魔だろう。

「あ・や・し・い」

一橋はホテルの自分の部屋にマイコンのパソコンを置くと、すぐにホテルを出た。ロクさんにも声をかけようと思ったが、彼はフィガロの投宿先を割り出すため外出している。オーナー以外、他の連中もいないようで、ホテルの中はかび臭さだけを残して静まりかえっていた。

なるべく足音を殺して路地を抜ける。カオサン通りに出たところで十メートルほど前方にスポーツウェア姿のゴルゴさんを見つけた。コンビニ前の公衆電話で誰かに電話をかけている。

一橋は物陰に身を隠しながら、ゴルゴさんを見張った。

やがてゴルゴさんは受話器を置くと、そのままコンビニを離れていった。一橋はタクシーやトゥクトゥクで混雑する道路を隔ててゴルゴさんを追跡することにした。やはりあの格好は気になる。もし尾行していることがばれてしまったら、今度は自分の命が危ない。ゴルゴさんは劇画の主人公になり切っているだけあって、警戒心が異常に強そうだ。

肌を炙るような熱帯の日差しが一橋の体を押さえつけてくる。アスファルトの焦げついたような臭いが砂埃と混じって鼻を衝く。通りの犬たちもこの暑さには辟易しているようで、だるそうに寝そべっている。

一橋は犬をまたぎながらゆっくりと歩く。歩道には人や店が溢れていて車道は大混雑している。ゴルゴさんは尾行に気づいていないようだ。しかしこちらも注意していないとゴルゴさんを見失ってしまう。

カオサン通りを出ると、ゴルゴさんはトゥクトゥクを拾った。一橋もタクシーかトゥクトゥクを探したが、その必要がないことにすぐに気づいた。道路は渋滞を起こして車はなかなか前には進まない。おかげでタクシーを拾うまでもなく、徒歩でゴルゴさんを追跡できる。

「いったいどこへ行くつもりなんだよ」

トゥクトゥクは車で埋め尽くされた路上を亀の歩みのように進む。車の吐き出す排気ガスと砂埃を含んだ熱気が、しつこいヤブ蚊のようにまとわりついてくるので目や喉が痛くなる。しかし一橋は辛抱強く尾行を続けた。

三十分もたっただろうか。

やがてゴルゴさんは最寄りのスカイトレインの駅下で降車した。運転手に金を渡すと、階段を上って駅に入っていく。一橋も急いで階段を駆け上がり駅の構内に入った。自動券売機でチケットを買う。

そっとホームを覗き込むと十数メートルほど離れてゴルゴさんの姿が見えた。彼の方は一橋に気づいていないようで、ボストンバッグを肩に掛けた状態でホームに立っている。

一橋は柱の陰に隠れて様子を窺うことにした。

やがて一陣の風とともに現代的なフォルムの車体が静かに滑り込んできた。行き先は車体の上部に電光掲示板で表示されている。ゴルゴさんが乗り込むのを確認してから一橋も乗り込んだ。アナウンスは次の駅名を告げると静かに走り出した。空調の効いた車内は適度に混んでいる。乗客のほとんどが外国人だ。日本人も多く見かける。

一橋はゴルゴさんの一つ後ろの車両だが、ガラス扉を通してゴルゴさんの姿を視認できる。まだ気づかれていないようだ。一橋は人影に隠れながら、ゴルゴさんを監視した。

モノレールは文明と宗教が無節操に混在する熱帯都市の間を走り抜けていく。やがてスクンビット通りに入った。シェラトン・グランデ・スクンビットの瀟洒《しょうしゃ》な建物の前を通過する。大きなホテルやマンション、オフィスビルに挟まれた高架線の上を一橋たちを乗せた車体は滑るようにして走り抜けていく。

やがてモノレールはゆっくりと停車した。

表示を確認するとプロムポン駅とある。ボストンバッグを肩に掛けたままゴルゴさんがホームに降りた。一橋も一時《いっとき》の時間をおいてからホームに降り立つ。ゴルゴさんは階段を下りてしまったので姿が見えない。

一橋は急いで階段を駆け下りる。

改札の出口にゴルゴさんを見つけた。ボストンバッグをもったゴルゴさんは黒いスポーツウェアのポケットから取り出した黒サングラスをして歩き出した。一橋はその後ろをそっとつけていく。

スクンビット通りは渋滞を起こしていた。

ゴルゴさんは駅から外に出て、しばらくスクンビット通りの歩道を進むと路地に入り込んだ。一橋も距離をとってあとをつける。路地とはいえ、瀟洒で大きな家が立ち並ぶ。広い庭と建物は塀や柵で囲まれている。プールのある家も少なくない。

ここら界隈は日本人駐在員が多く住む。フジスーパーなど日本の食材を扱った店も多い。すぐ近くには高級デパートも建っている。物価や人件費の安いバンコクならプール付きの家に住んで、家政婦をつけることができる生活だ。

さらに路地を奥の方へ進んでいくと、人で賑わっているアーケードがある。ゴルゴさんはその中へ入っていった。

一橋も急いでアーケードの中に入る。そこは市場になっていた。クロントーイやプラトゥナームに比べると随分と規模は小さい。しかし道の両側には野菜、果物や魚肉類が並んでいて、狭い通路は現地の人間たちで賑わっていた。

一橋は人混みに体を押し入れながら舌打ちをした。背伸びをしながら前方を覗いてみるがゴルゴさんが見あたらない。強引に割り込んで、人混みをかき分けながら前へと進む。アーケードの路地は四辻《よつつじ》になっていて、それぞれ三十メートルほどマーケットが続いている。買い物客たちで溢れていて、どの方向にゴルゴさんが進んだのか分からない。

一橋はため息をつくとアーケードを出た。せっかくここまで追跡してきたのに見失ってしまったようだ。尾行していることは、ゴルゴさんには気づかれなかったと思う。それなりに距離をとって慎重につけてきたし、一度もゴルゴさんは一橋の方に顔を向けなかった。

「風俗にでも行ったのかな……」

仕方がないのでスクンビット通りに戻って、インターネットカフェで涼むことにした。渋滞する道路を挟んで向かい側には美容院が見える。全面ガラス張りの建物の中で奇抜なファッションに身を包んだ若者たちが躍動的に動き回っている。最近オープンしたばかりのようで、美容院の入り口は若い娘たちの順番待ちで溢れかえっていた。カットを終えて出てくる娘たちはタイ人には見えない。服装もスタイルもまるで欧米人のようだった。

アイスコーヒーを啜《すす》りながら電子メールを確認していると、外の方でなにやら通行人が騒いでいる。客たちも外に出ては、額に手のひらをかざしながら遠くの方を見上げている。腕時計を見るとゴルゴさんを見失ってから一時間以上がたっていた。

「なにがあったんだ？」

一橋は残りのアイスコーヒーを飲み干すと席を立って店の外に出た。スクンビット通りの歩道では多くの通行人が足を止めて一ヶ所を見上げている。一橋の立っている位置から百メートルほど向こうで黒煙が立ちこめて、その隙間からオレンジ色の炎が揺らめいている。ゴルゴさんを見失った市場よりさらに奥に入った場所である。好奇心旺盛なタイ人たちは煙の方に向かって移動を始めた。一橋も人の流れに逆らわずに現場に向かった。

狭い路地は野次馬で埋め尽くされていた。その前方の建物から炎が上がっている。黒煙の切れ目から見える建物の看板の一部からホテルであることが分かった。建物は二階建てでその部屋の窓からオレンジの炎が勢いよく飛び出して外の壁を舐め回している。炎に押し出されるように墨のような煙が溢れ出して、周囲に大きな影を落としていた。

やがて消防車が到着した。ガソリンに引火《いんか》したような炎が窓という窓から噴き出ている。逃げ遅れた人はひとたまりもないだろう。火の勢いが異常だ。いったいなにが燃えているというのか。

突然、後ろから肩を叩かれた。ふり返るとロクさんが立っていた。ロクさんは厳しい顔をして炎を見上げている。ロクさんのメガネのレンズにオレンジの光が揺れていた。

「あれ？　なんでロクさんがこんな所にいるんですか？」

「君こそ、どうしてここにいるんだよ？」

一橋はゴルゴさんを尾行してきた経緯をロクさんに説明した。

「なるほど。そういうことだったのか。ちくしょう、一足おそかった」

ロクさんが手のひらを頭上に置いた。熱気を伴った煙が一橋たちの立っている所まで届いてくる。

「そういうことってどういうこと？」

「やっとホテルを見つけたと思ったら……」

「ホテルを見つけたって……このホテル？」

「フィガロのホテルだよ」

ロクさんは燃えてる真っ最中のホテルを指さした。

「え！」

一橋は驚いてホテルを見た。自分は偶然、フィガロのホテルにたどり着いたのだろうか。いや、違う。ゴルゴさんを追ってここにいる。

建物は真っ黒に焦げている。バックパッカーたちの宿泊する安宿だが、ミカドホテルよりはずっとグレードが高かったはずだ。

「あれがフィガロの住んでいたホテルなんですか？」

「そう。今朝から知り合いを回って情報を集めたんだ。フィガロのことを間接的に知っているやつがいて、そいつがこのホテルを教えてくれたんだ」

ロクさんはフィガロのホテルを探し出すといって、朝早くから出かけていった。フィガロの事件はゴシップ誌で大きく取り上げられていたから、日本人バックパッカーの間でも話題になっていた。もちろんフィガロの知り合いもいたという。ちなみにフィガロの本名は宇佐《うさ》美勝義《みかつよし》というらしい。

「そっかあ。ゴルゴさんの目的はこれだったんだ」

一橋は唇をかみしめた。ゴルゴさんもフィガロのホテルを調べ上げていたのだ。カオサンのコンビニの前で電話をかけていたのはそれについていてだったのだろう。

ゴルゴさんを見失った市場を抜けてしばらく歩けばこのホテルにたどり着く。そしてあの黒いスポーツウェア。他人の部屋に侵入するのだから動きやすい服にしたのだ。部屋に侵入して火をつけた。もちろんフィガロのパソコンに残ったデータを消し去るためだ。おそらくマイコンのときのような取りこぼしがないよう、今度は念を入れて火をつけたのだろう。火の勢いが尋常じゃない。ガソリンや灯油を撒いたのかもしれない。それら道具一式があのボストンバッグに収まっていた。それにしてもどうしてあんな場所でゴルゴさんを見失ってしまったのか。いまになって悔やまれる。

「あの火事じゃあ、もうなにも残っていないだろうなあ」

ロクさんが悔しそうに顔を歪めた。消防士たちの必死の消火作業のおかげで火は随分と弱まっているが、それでも黒煙は止まらない。

「ちくしょう。あいつはあんなことまでしてなにを隠そうとしてるんだ？　マイコンとフィガロを殺して、パソコンまで壊して回ってさ」

「クロケンもゴルゴさんの仕業かもしれませんよ」

一橋は長い髪はカツラだったかもしれないというトオルの話をした。

「なにが『犯人はミカドの中にいる』だ！」

ロクさんが自分の膝を叩きつけた。

それから一時間かかって火は消し止められた。ホテルはほぼ全焼で窓や扉の類はすべて燃え尽きて、真っ黒になった壁の一部と柱しか残っていない。ホテルの中から人の姿をした黒焦げが何体も運び出されてくる。おそらくこのホテルの宿泊者たちだろう。犯人がゴルゴさんなら、また彼は殺人を犯したことになる。それも証拠を消すためだけにまったく関係のない人たちの命を奪った。ここまでくるとただの殺人犯じゃない。テロリストだ。

「これからどうしますか？」

ミカドホテルへの帰り道、一橋は険しい表情で考えこんでいる様子のロクさんに尋ねた。

「ゴルゴさんの部屋を調べよう。証拠を見つけて警察に通報するんだ。もうこれ以上、彼に人殺しをさせるわけにはいかないよ」

ロクさんは顔を真っ赤にしていった。黒縁メガネのレンズが曇っている。

「でも慎重にいきましょう。相手はもう何人も人を殺してんだから」

たしかにもう一橋たちの手には負えない事件になってしまった。しかし現状ではゴルゴさんが犯人だとは断定できない。このままでは警察に通報しても相手にされないだろう。どうしたって証拠がいる。

「とりあえずゴルゴさんの不在を狙って部屋に入り込もう。あの中できっとなにかが見つかるはずだ」

12

ミカドホテルに戻るとロクさんがオーナーにタイ語で話しかけた。オーナーはロクさんに向かって首を横にふっている。

「ゴルゴさんはまだ戻ってないってさ」

ロクさんは意味ありげな顔をして微笑んだ。そして廊下の奥の方を指さした。

「本当にやるんですか？」

一橋はロクさんを見つめた。

「やるなら早い方がいい」

彼が真剣な表情でうなずいた。ロクさんは再びオーナーの方を向いてなにやら長々と話を始めた。タイ語だったので内容はさっぱり聞き取れなかったが、おそらくこれまでの経緯について説明しているのだろう。オーナーはロクさんの話に何度もうなずきながら聞き入っている。やがてオーナーはロクさんに鍵を差し出した。マスターキーらしい。

「タイ人のくせに話の分かるオーナーだ」

ロクさんはキーを受け取るとオーナーと握手した。

「ゴルゴさんが帰ってくる前に終わらせてしまおう」

一橋はロクさんについてゴルゴさんの部屋に向かった。彼の部屋はホテルの奥の方、一橋の部屋の右斜め前にある。そういえばまだ一度も中を覗いたことがないことに気づいた。

ロクさんがキーを鍵穴にさし込む。鍵を開けてノブを回すとゴルゴさんの部屋の扉が開いた。

「よし、急ごう」

ロクさんと一橋は部屋の中に入り込んだ。どうやら他の部屋と大差ないようだ。シーツの黄ばんだシングルベッドに天井からは裸電球が一つ下がっている。ドアの向かいの壁には小さな窓があるが陽が入ってこないので部屋の中はどんよりと薄暗い。棚の上には金魚鉢が置いてあって、中では銀色の熱帯魚が泳いでいた。

「ペットなんて飼ってたんだ。ああ見えて案外、寂しがり屋なんだな」

一橋はしばらく静かに泳ぐ魚を眺めていた。

「彼のバイブルだな」

ロクさんが部屋の隅にずらっと並べられた本を指さした。百冊以上はある。腰を下ろして確認してみるとすべてコミックだった。タイトルはいずれも『ゴルゴ13』だ。巻数通りにきちんと並んでいる。

「どうやら全巻揃ってるみたいですね。これって百巻以上あったんだ」

ロクさんが第一巻を取りだしてページをめくる。

「一巻の発行が一九七六年ってあるからもうかれこれ三十年近くも前から出版されてるんだね。そもそもゴルゴ13って何歳なんだ。そろそろ還暦じゃないの」

「ゴルゴ13も赤いちゃんちゃんこを着るんですかね」

一橋は笑った。

「おっと。くだらない話をしてる場合じゃないんだったっけ。思ったより荷物が多いぞ。急ごう」

壁には迷彩模様のジャケットやシャツが数枚掛けられている。部屋の隅はパンパンに膨らんだバックパックや麻袋が十個ほど積まれている。一つ一つ調べていたら時間がかかりそうだ。

一橋たちのように服や下着が脱ぎ散らかされておらず、こまめに掃除をしているのか床にもベッドにも髪の毛一本落ちていない。几帳面できれい好きな性格らしい。

「なにやってるんすか？」

声のする方を向くと入り口に小林が立っていた。

「君こそどこかに行くのか？」

ロクさんが彼を見上げながらいった。小林は小さめのナップサックを背負っている。

「買い出しですよ。それより、ここってゴルゴさんの部屋ですよね」

小林が怪訝《けげん》そうに一橋たちを見つめている。

「フィガロのホテルが放火されたんだ」

「えっ？」

一橋はゴルゴさんを尾行したこと、マーケットの中で見失ったこと、そしてフィガロのホテル火災のことを話した。それを聞いた小林の顔が見る見るうちに青ざめていく。

「それってゴルゴさんが犯人ってことじゃないですか」

「だからそれを調べてるんだよ。証拠がいるんだ」

小林は「僕も手伝います」と部屋の中に入ってきた。気がつけば後ろで斎藤さんとチワワさんが覗き込んでいる。気になって出てきたようだ。二人とも目を輝かせている。

「ゴルゴさんが犯人だって？　面白そうじゃない。俺らも混ぜてよ」

そういうなり二人が部屋の中に入り込んできた。あっという間に部屋の中は狭苦しくなった。

「とにかく手分けして探しましょう。早くしないとゴルゴさんが帰ってきちゃいますよ」

一橋が声をかけるとそれぞれがクローゼットの中を調べたり、麻袋やバックパックを開けたりした。一橋もパンパンに膨らんだ麻袋の一つを開けてみた。中にはシャツや下着が詰め込まれている。どれもきちんと洗濯されてきれいに畳まれている。本当にきれい好きのようだ。

「こんなのが出てきましたよ」

小林がバックパックの中から刃渡り二十センチはありそうなサバイバルナイフを見つけ出した。鞘《さや》から抜き出すと鈍《にぶ》く光る大きな刃が現れた。これで刺されたらひとたまりもない。

「これでマイコンを殺ったのかな？」

ロクさんが親指で首を掻き切るしぐさをした。マイコンは刃物で滅多刺《めったざ》しにされて殺されたのだ。

「おいっ、みんな！」

突然、チワワさんが声を上げた。

一橋がふり向くと彼は真っ青な顔をしている。手には黒い髪の毛のかたまりが握られていた。麻袋に押し込まれていたようでそれはクシャクシャになっていた。ロクさんは慎重な手つきでそれをチワワさんから受け取った。

「カツラだ……」

ロクさんがそれをかぶってみせた。髪の先の方は腰までかかりそうな長さがある。そしてボリュームがあった。斎藤さんが「ああ！」と声を上げた。

「斎藤さんが見たって女はやっぱりゴルゴさんだったんだ……」

「そうでしょぉ。あれはマボロシなんかじゃないっていっただろぉ。誰も信じてくれないんだもんなぁ」

斎藤さんが痩せこけた頬を膨らませながらいった。しかし半分嬉しそうだった。

「ということは……クロケン殺しもやっぱりゴルゴさんの仕業ってことですかね？」

今度は一橋がカツラをかぶった。鏡に映すとまるで別人だ。男にも女にも見える。もっともそのための小道具だ。トオルも斎藤さんもまんまと騙された。

「これが見つかったんだ、決定的だろ。はっきりとした動機は分からんが、おそらくクロケンやマイコンたちに脅迫されていたんだよ。そのネタがマイコンたちのパソコンに残っていた。だから執拗《しつよう》に壊して回ったのさ」

ロクさんが悲しそうな顔をしていった。

ゴルゴさんは秘密を隠すために、マイコンを殺した。そして多くのリスクを冒してまでフィガロを殺す。さらにマイコンのマッキントッシュを壊して、フィガロのホテルを放火した。それらはいつも行き当たりばったりの綱渡りだった。それほどまでに必死だったのだろう。

ベッドの下のマッキントッシュ、フィガロの存在など不測の事態が彼を焦らせたに違いない。そしてその執着は並々ならぬものを感じる。彼がそこまでして隠そうとする秘密とは一体なんだというのか。

「ところでロクさん、これからどうするよ？」

チワワさんが手を挙げながらいった。一同、ロクさんの方を向く。しばらくロクさんは顎鬚をいじりながら考え込んでいた。そしてゆっくりと口を開く。

「ゴルゴさんもミカドホテルの仲間だ。みんなで説得して警察に出頭させてやるっていうのはどうだろう。このまま警察に突き出すのは後味が悪いと思う」

チワワさんも斎藤さんも神妙な顔をしてうなずいた。小林も「賛成です」と同意した。

「一橋くんは？」

「いいと思いますけど……でも大丈夫かなあ」

ゴルゴさんのいままでの非道ぶりからして説得に応じるかどうかいささか疑問だ。口封じのために関係のない人まで巻き込んでいる。その危険がミカドの住人まで及ばないだろうか。

「だから僕と君、チワワさんと斎藤さん。そして小林くん。こちらは五人もいるんだ。さすがにゴルゴさんも観念すると思うよ。もし説得に応じるつもりがないのなら、残念だけどそのまま警察に突き出すことになるね」

たしかにこちらは五人いるけど、相手はゴルゴさんだ。これまでの行動を考えれば、相当な決断力と瞬発力と粘り強さの持ち主だ。あっけなく観念するような人物に思えない。まさにいまの彼はゴルゴ13になりきっているといえる。

しかし一橋はふっと首を傾げた。

――ゴルゴさんってここまでできる人だったっけ……。

国籍不詳だといっているくせに関西弁を隠しきれなかったり、春菜の前で頬を真っ赤にしたり、ゴルゴ13を気取るには随分と抜けていたところがあった。そこが彼の持ち味だったし、憎めないところだったのだが。

しかしいまの彼の行動には真に迫るものがある。やることなすことが徹底している。特に放火はやりすぎだ。パソコンのデータを消すために、関係のない人たちまで巻き込んだ。あの火事でホテルの中から三体以上の遺体が運び出された。

マイコンやフィガロ殺害にもためらいが感じられない。特にフィガロの場合は頭を撃ち抜いて、動揺をみせることなく速やかにその場を立ち去っている。マイコンもそうだ。滅多刺しにしたのは念を入れてのことだろう。ベッド下のマッキントッシュを取りこぼしたとはいえ、一つ一つのパソコンを破壊しているあたり、終始冷静沈着だったといえる。

「ゴルゴさんは本当に殺し屋だったんだよ。変身願望や妄想なんかじゃなかった」

一橋の心情を察したのか、ロクさんが静かにいった。

「彼はきっとエキセントリックなふりをしていたんだ。本当は非情で冷静沈着なくせに、微妙にマヌケなふりをしてカムフラージュをしていたんだよ」

チワワさんが寂しそうな目で天井を見上げた。

「演技だとしたらたいしたもんだねぇ。俺なんかいまだにゴルゴさんがこんなことをやったなんて信じられないものぉ」

斎藤さんがヘラヘラと笑いながらいう。ゴルゴさんは斎藤さん犯人説を主張していたが本人は知らないようだ。

「とりあえず。ゴルゴさんが帰ってきたら全員で説得しよう。みんなで警察についていってあげよう」

ロクさんの言葉に一同神妙にうなずいた。

しかしゴルゴさんは帰ってこなかった。次の日もまたその次の日も姿を現さなかった。

13

一橋はマイコンが春菜に貸したノートパソコンを開いていた。あまり使い込まれた様子がなく、本体は新品同然のようだ。ある程度、使い込んでくるとキーボードが手垢で黒ずんだり、キーの間の隙間に埃がたまってしまうが、それもない。

ソフトもあまりインストールされておらず、インターネットに接続した形跡もない。つまりブラウザや電子メールソフトに接続設定がされていないのだ。ファイルの中身を調べてみても春菜がいじった美容整形ソフトのデータが二、三残っているだけでそれ以外にはワープロの文書がいくつかあるだけだ。それらもスカイトレインの時刻表やホテルの住所のメモくらいで重要と思われることは書き込まれていなかった。

どうやらマイコンは春菜にあまり使わないパソコンを貸したようだ。人に貸すのだから、重要なデータの入っていないものを選ぶのは当然といえば当然のことだ。ゴルゴさんに関する情報が入ったパソコンを春菜に預けるとは考えにくい。そう思うと、いまさらこのパソコンの中身を調べても意味がないように思えてきた。

一橋はポケットティッシュを取りだして鼻をかんだ。ポケットティッシュの包装を眺めると、ハッピーバンク強盗放火殺人犯の似顔絵が一橋を見つめている。そしてその犯人はつい最近、逮捕された。一橋は妹からのメールでそれを知った。いまごろゴルゴさんは、この放火犯がそうだったようにどこかに身を隠しているのだろう。

一橋は今朝のロクさんの話を思い出した。

フィガロの部屋にはガソリンが撒かれていたそうだ。だからあそこまで激しい火炎に包まれたのだ。

「あれ？　一橋くん、パソコン買ったんだ」

突然声がしたので、ふり返ると部屋の扉口にチワワさんが立っている。

「勝手に覗かないでくださいよ」

「ごめん、ごめん。いや、ちょっと開いていたからさ。覗いてたわけじゃないよ」

チワワさんは百キロ以上ある巨体をふるわせて笑った。ロシア人の血が入っているというだけあって彫りが深く、どことなく日本人離れしている。

「あ、これもしかしてマイコンのパソコン？　この前、自慢してたよ」

チワワさんが狭い扉口に体をねじ込んで部屋の中に入ってきた。一橋はちっと舌打ちする。できたらまだ誰にも見せたくなかったが、見られてしまった以上仕方がない。

「ゴルゴさんには内緒ですよ。マイコンのパソコンがまだあると知ったら僕まで殺されちゃうかもしれないから」

「分かった。ゴルゴさんには内緒ね。といってもゴルゴさん、帰ってこないから伝えようがないよ」

「それはそうですけど」

ゴルゴさんがいなくなってから丸二日たつ。最後に見たのはフィガロのホテル近くの市場だ。それから間もなく火の手が上がった。

「どこかに逃げちゃったんだよ、きっと」

チワワさんはタバコに火をつけると遠い目をしていった。ゴルゴさんはなんらかの形で、自分の部屋からあのカツラが見つかったことを知ったのだろうか。それで戻るに戻れなくなって姿を消したとか。

「ところでゴルゴさんの秘密ってなんだったんだろうね？」

チワワさんは紫煙を吐きながらいった。煙の輪はチワワさんの丸顔の相似形となって広がっていく。

「いまとなっては知るすべがないですよ」

「そのパソコンの中にはなにか残ってないの？」

チワワさんは太くて短いソーセージのような指をノートパソコンに向けた。

「もう二日間も調べているんですけどね。残念ながら」

一橋は肩をすくめた。

「そのソフトはなに？　つぎはぎだらけの顔のヤツ……ビフォーアフターって読むのかな」

チワワさんは液晶画面に表示された小さなアイコンを指さした。

「ああ、これ？　美容整形ソフトですよ。そうだ！　面白いものを見せてあげましょう」

一橋はデジカメを取り出すと、チワワさんの顔を近接撮影した。それをパソコンに取り込んでビフォーアフターを起動させた。

「ちょっと見ててくださいよ」

一橋はマイコンの操作を思い出しながら、見よう見まねでチワワさんの顔貌《がんぼう》画像に修整を入れていく。顎を削って大きな唇を薄くして、目をぱっちりとした二重にする。坊主頭に今風のヘアをセットする。銀色の瞳を茶色にする。見る見るうちにチワワさんの顔は変化していった。

「どうです？　別人でしょう」

一橋は液晶画面をチワワさんの方へ向けた。そこには映画俳優を思わせるハンサムな男が映っていた。

「これは本当に俺なのかい？」

チワワさんが大きな目を見開いて画面に見入っている。

「整形するとこうなるらしいですよ。このソフトは医療用ですから間違いないでしょう」

「俺、決めた！」

チワワさんは突然立ち上がって叫んだ。

「な、なにを？」

「俺、こいつになる。そしてハリウッドデビューする」

チワワさんは画面を指さしていった。整形後の顔が相当気に入ったらしい。

「こうしちゃいられない。まずは減量だ。さっそくトレーニングジムに行かなくちゃ」

チワワさんは一橋に向かってガッツポーズをすると、慌ただしく部屋を飛び出して行った。

「が、がんばってください……」

一橋は誰もいなくなった扉口に向かってつぶやいた。


マイコンの部屋を刑事たちが調べていた。この事件は放置されるのかと思ったが、さすがにそれはないようだ。ロクさんが一人の警官とタイ語でいろいろと話し込んでいる。警官はしかめっ面でロクさんの話をメモしていた。

やがてロクさんは警官をゴルゴさんの部屋に案内した。その警官はしかめっ面を崩すことなくゴルゴさんの部屋の中に入っていった。どうやらいままでのいきさつを警官に説明しているらしい。

「タイの警察も重い腰を上げたようだね。何人も日本人が殺されたから放っておけないんだろう。マスコミもうるさいだろうし」

役目を終えたロクさんは苦笑いを浮かべながらゴルゴさんの部屋から出てきた。

「ゴルゴさんのことも話したんですか？」

「ああ。もうミカドには戻ってこないだろうからね。彼のことだからすでにタイを出ているかもしれないな」

「かえってその方がいいかもしれないですね」

「ところで一橋くん。マイコンのパソコンがまだ残っていたんだって？」

「え、なんで知ってるんですか？」

「チワワさんから聞いたよ」

「もう、おしゃべりなんだから」

チワワさんには誰にもいうなと釘《くぎ》を刺しておいたのに。チワワさんに限らずバックパッカー連中は口が軽い。カオサンでの痴話《ちわ》ゲンカが一時間後にはスクンビットまで伝わっている。彼らは常に話題に飢えているのだ。

「で、なにか見つかったのかい？」

一橋は首を横にふった。あれから一通り調べてみたがゴルゴさんに関する情報は見あたらなかった。

「ふうん。やっぱり壊されたマシンに入っていたんだね」

ロクさんは残念そうな顔をした。やはりゴルゴさんの秘密については気になっているらしい。殺人を重ねてまで隠し通そうとした秘密だ。気になるのも無理はない。

「こんにちは。警察がすごいわね」

突然、春菜がホテルの中に入ってきた。ロクさんが「やあ」と手を上げる。

「やっぱりゴルゴさんなの？」

春菜は声を潜《ひそ》めた。

「ああ。彼の部屋からカツラが出てきた。長い黒髪のやつがね」

「それって例の女の？」

「うん。たぶん間違いない。ゴルゴさんが変装していたんだ。まさか女装趣味なんてことはないだろ」

ロクさんは春菜にそれまでのいきさつを詳しく説明した。それと同じことを警察にも伝えてあるという。警察もゴルゴさんの行方《ゆくえ》を追うことになっているらしい。フィガロのホテル火災のことを話したとき、春菜は真っ青な顔で口を覆っていた。

「なんてひどい……。マイコンくんもフィガロさんもクロケンさんも彼の仕業なのね」

一橋はうなずいた。悲しいけれどそういうことになるだろう。

「ゴルゴさんはあれから姿を見せない。僕たちにばれたことを知って逃げたんだよ。自分で罪を認めたようなもんさ。もうあとは警察に任せるしかない」

ロクさんが寂しそうにマイコンの部屋の方を見た。中では警官たちが写真を撮ったり、壊れたパソコンを調べている。

「ゴルゴさん……。まだ私のあげた指輪をもっているのかしら？　そうだったら捨ててほしいわ」

と春菜がつぶやいた。指輪とは春菜がプラトゥナーム市場でゴルゴさんに渡したものである。指輪を意中の相手に飲ませれば愛が成就するというまじないが、バンコクの若い女性たちの間で流行っているという。春菜の冗談にゴルゴさんの顔は真っ赤になった。あのときの彼の様子と一連の非情さがどうにも重ならない。

「とにかくあとのことは警察の仕事だ。僕たちではどうにもできない」

ロクさんが春菜の背中に優しく手を置いた。春菜はそっとうなずいた。

「ところで春菜ちゃん。なにか用があって来たんだろ？」

「スクンビットにあたらしい美容院がオープンしたの。なんでもバンコクのカリスマ美容師がいるらしいから私もカットしてもらうつもりなの。もう予約も入れてきちゃった。それでね」

一橋はゴルゴさんを見失ったあとに入ったインターネットカフェの向かいに、ガラス張りの美容院があったことを思い出した。

「ああ、あそこね。若い子たちが順番待ちしてたよ。分かった！　ビフォーアフターで髪型を決めるんだろ？」

　春菜は照れくさそうにうなずいた。

「だからマイコンくんのノートパソコンを返してもらいたいんだけど」

　一橋は「ううむ」と腕を組んだ。まだ完全に危険が去ったとはいい切れない。ゴルゴさんが捕まっていない以上、用心に越したことはない。

「悪いけど、ゴルゴさんが捕まるまでは僕が預かっておくよ。君を危険な目に遭わせるわけにはいかないから」

　春菜は少しがっかりした表情を見せたが、それでも最後には納得した様子で笑顔を見せた。

「そうだ。それならCDにソフトだけコピーして春菜ちゃんに渡しておくよ。ソフトだけなら君も安全だろう。インターネットカフェに行けばマッキントッシュが置いてあるからそれを使えばいい」

　ビフォーアフターはマッキントッシュ専用のソフトだ。

「それがいいわ。そうしてくれる？」

　春菜が嬉しそうに微笑んだ。

14

次の朝。

一橋はいつものおばさんの屋台であんかけ焼きそばを食べていた。隣には小林が座っている。顔色があまりすぐれないようだ。こころなしか昨日より頬がこけて見える。あまり食欲もないようだ。料理を見つめながらぼんやりとしている。

「小林くん。大丈夫かい？」

一橋は小林に声をかけた。小林は虚ろな目を一橋に向けると「大丈夫です」と返した。

「クロケン事件があったからこちらに越してきたのに、君を追いかけるようにして事件が続いたからね。無理もないよ」

「はい……」

「でもきちんと食べておいた方がいいよ。ここは日本じゃない。熱帯のバンコクだ。栄養をつけておかないとすぐにばてちゃうぞ」

温帯育ちの日本人が熱帯都市で過ごすなら健康管理は重要だ。昼夜問わず続く熱が長期旅行者たちから体力を奪っていく。慣れない土地で病気になると思いがけずに悪化して長期化することもある。

「僕……ここを出るかもしれません」

　小林は弱々しい声でいった。

「ここってミカドホテルをかい？」

「いいえ。タイをです。事件には巻き込まれるし、フィッツジェラルドには襲われっぱなしでいいことないですから」

　斎藤さんのガンジャ犬はどうも小林を目の敵にしているようで、彼を見つけると必ず向かっていく。どうも相性が悪いようだ。

「なによりチワワさんの料理には耐えられません。毎日毎日、動物たちの断末魔の叫びが聞こえてきておかしくなりそうです」

　それは無理もない。一橋も慣れるには随分と時間がかかった。もっとも慣れようと努力した自分もどうかしていると思うが。

「タイを出てどうすんの？」

「日本に帰ろうと思ってます。そろそろ仕事を見つけてきちんとしておかないと社会復帰できなくなりそうですから」

「そうか……。せっかく仲良くなれたのに残念だよ」

「僕も一橋さんたちと出会うことができてほんとに感謝してますよ」

小林は焼きそばの麺をフォークに巻きつけると口の中に入れた。まるで砂を嚙むような顔で咀嚼する。

「ところでマイコンさんのパソコンからはなにか見つかったんですか？」

ノートパソコンのことは小林にまで伝わっているようだ。チワワさんがしゃべったのだろう。

「別に。めぼしいものはなかったよ。あの中にはゴルゴさんの秘密に関することなんて入ってないよ」

小林もゴルゴさんの秘密には関心があるようだ。

「他にはなにが入っていたんですか？」

「だからたいしたものはないってば。インターネットの設定すらされていなかったんだ。インストールされていたソフトもワードとエクセルとビフォーアフターくらいだし」

「ビフォーアフター？」

小林が目を細めた。

「ああ、君は知らなかったっけ？　美容整形のソフトだよ。顎を削ったり鼻を高くしたりして自分の顔を変えてみせることができるんだ」

「ああ、チワワさんが言っていたのはそのことですね。昨日、映画スターになるんだって騒いでましたよ。その画像、僕も見てみたかったなあ」

「今度、遊びにおいでよ。春菜ちゃんもはまってるよ」

「春菜さんが整形ですか？　きれいな人だから必要なんてないのに」

「本人は自分の容姿に満足してないみたいだよ。女性はみんなそうかもしれない。いまのままがいちばんいいと思うけどね」

一橋は小林の端正な横顔を見た。なるほど、春菜が好みのタイプだといっていたが分かる気もする。

小林は大きなため息をつくと席を立って、「お先に」とホテルへ戻っていった。皿の上には食べ残した麺がまだ半分以上残っている。一橋はそれを失敬した。

「神経質なやつだな」

あんな性格でよくぞ一年以上も貧乏旅行が続けられたものだ。それにしても小林が出ていってしまえば、ここ最近でミカドの住人は三人も減ったことになる。

「ずいぶんと寂しくなるな」

歩道ではフィッツジェラルドが大欠伸をして寝そべっていた。小林がいなくなればあの犬もからかう相手がいなくなって寂しがるだろう。

＊

それから四日後。

午前中はいつものようにインターネットカフェで時間をつぶした。メールをチェックして妹や友人たちに返信を送った。カフェで簡単な食事を済ませてからミカドホテルに帰ってきた。フロントの前を通りかかるといつものようにオーナーがところどころ抜けた歯を覗かせながら微笑んでくる。

薄暗い廊下で小林とすれ違った。先日と比べると幾分顔色は良くなったようだ。それでもまだ少しふさぎ込んだような印象を受ける。どうも小林の部屋には宿泊者を追い出すなにかが巣くっているらしい。一橋がこのホテルに入ってから数えると十人以上の人間が入れ替わっている。いきなり発狂した者もいればなにもいわずに蒸発した者もいる。あのイワモトさんも小林と同じ部屋だったのだ。

「調子はどう？」

「心配かけちゃってすみません。少しは良くなりました。これから飯食ってきますんで」

小林は弱々しく微笑んだ。

「ああ。行ってらっしゃい」

一橋はすれ違いざまに手を上げて返した。ここ二日ほど、チワワさんがダイエットを敢行しているためか動物たちの断末魔の鳴き声が聞こえてこない。それで小林の気分ももち直したのかもしれない。

一橋は部屋に戻るとベッドに身を投げ出した。

あれからゴルゴさんは現れない。もう一週間が過ぎようとしている。いったいどこでなにをしているのだろう。どちらにしてもカオサンに戻ってくることはないと思う。多くの目が光っている。戻りたくても戻れないだろう。

突然、部屋の扉がノックされた。ベッドから飛び起きて扉を開けるとチワワさんが立っていた。数日前に比べるとずいぶんとスリムになったように見える。

「ちょっと痩せたんじゃないの」

「へへへ。はやくも六キロ減量に成功したよ。あれから肉類はかなり控えたんだ」

チワワさんが誇らしげに笑う。

「とりあえずあと二十キロ減らしたら整形手術をやろうと思うんだ」

二十キロの減量といえば相当に過酷だが、強い意志があればできないことではないだろう。ビフォーアフターがはじき出した整形後の姿がかなりのモチベーションになっているはずだ。

「いまのチワワさんならきっとできますよ」

「それでさ。二十キロ減量したときの状態をあのソフトで確認させてほしいんだ」

「ああ、いいですよ」

一橋は部屋の片隅に置いてあるマイコンのノートパソコンを指さした。五日ほど前、チワワさんにソフトを見せて以来、このパソコンはずっとここに置いてある。

「じゃあ、ちょっと借りるよ」

チワワさんはコンセントをさしこむと電源を入れた。一橋はベッドに寝そべりながらその様子を眺めた。しかしいっこうに起動のファンファーレが鳴らない。

「あれ？　おかしいな。このパソコン立ち上がらないよ」

チワワさんは首を傾げながら、液晶画面を一橋の方へ向けた。画面は真っ暗でなにも映っていなかった。電源ランプはちゃんと点灯している。

「ちょっと貸してください」

一橋はチワワさんからパソコンを受け取った。強制終了してもう一度、電源を入れてみる。しかしランプがつくだけでそこから先はウンともスンともいわない。ハードディスクの読み込みが始まらない。他のボタンを押してもまったく反応がない。正常なのは電源ランプだけだ。それからいろいろと試してみたが、起動する気配はない。

「故障かな？」

チワワさんが本体を軽く叩いた。昔の家電機器ならいざ知らず、パソコンのような精密機器がそんなことで直るはずがない。

「おそらくハードディスクがイカレてると思います」

「ハードディスクがってまだ新しいんだろ。そんな簡単に壊れるかな」

なおもチワワさんは本体を叩いている。

チワワさんのいうとおり、このノートパソコンはマイコンが購入してからそれほど時間がたっていないはずである。きれいに箱詰めすればまだ新品でとおるほどだ。ハードディスクの消耗とは考えられない。やはり不良品なのか。

しかし、と一橋は首をふった。本当にこれは偶然の故障なのか。マイコンのパソコンはすべてゴルゴさんに破壊されてきた。これだけが本当に故障だといえるのだろうか。一橋はパソコンを注意深く検分した。しかし前のようにどこにも焦げたり煙を噴いたりした痕跡はない。しかしちょっとしたショックや強力磁石の磁力で、パソコンという精密機器は簡単に使い物にならなくなってしまう。

「ゴルゴさんがこの部屋に忍び込んで壊したなんてことないよね」

チワワさんが冗談とも本気ともつかない表情でいった。

「まさか……。そんなことあるわけないでしょ」

いまとなってはゴルゴさんがミカドに入り込むことは不可能だ。それどころかカオサンにだって近づけない。それにソフトが三、四本しか入っていないパソコンをわざわざ壊しにくるだろうか。それ以前にゴルゴさんはこのノートパソコンの存在を知っているのか。このパソコンのことを知っているのはミカドの住人だけだ。ミカドの人間が直接ゴルゴさんに話さない限り、彼は知りようがないのだ。

「やっぱり偶然の故障ですよ。突然、ハードディスクがクラッシュしてデータがぶっ飛んじゃうなんてことは珍しくないですよ」

「ええっ！　それじゃあ、ビフォーアフターも消えちゃったの」

チワワさんが心底がっかりしたようにいう。

「大丈夫ですよ。ソフトはＣＤにコピーしてありますから。春菜ちゃんがもってます」

「そうなんだ。それを聞いて安心したよ」

突然、また部屋がノックされた。

扉を開けるとロクさんが立っていた。青ざめた顔を強《こわ》ばらせている。彼の表情からただならぬ事態が窺えた。

「ロクさん、なにがあったんです？」

「一橋くん。春菜ちゃんからなにか聞いてないか？」

「春菜ちゃんがどうかしたんですか？」

一橋の返事を聞いてロクさんの目つきがさらに険しくなった。

「ここ数日、彼女と連絡が取れないんだ」

「ゲストハウスにいないんですか？」

「ああ。ゲストハウスにも戻っていない。管理人も数日前に出ていったきり戻ってこないっていうんだよ」

一橋は空気が張り詰めるのを感じた。

ノートパソコンの故障、春菜の失踪《しっそう》。二つの出来事はまったくの偶然だろうか。それとも。

「ええっと、僕が最後に春菜ちゃんの顔を見たのは……」

一橋は大急ぎで記憶をたぐり寄せた。

五日前。

ビフォーアフターをCDにコピーしてやったときだ。彼女はスクンビットにできた新しい美容院でカットしてもらうのでソフトでイメージを確認したいといっていた。ノートパソコンの方は万が一の危険を考えて一橋が預かることにしたのだ。その日の春菜に別段変わった様子はなかった。それから彼女には会ってない。美容院には行ったのだろうか。

「彼女が我々になにもいわずにゲストハウスを空けたままにするなんていままで一度もなかった。旅行するなら必ずいってくるはずだ。こんなことになれば僕たちが心配するってあの子は分かってる。それを知ってて姿をくらますなんて考えられない」

ロクさんは家出された娘の父親のようにうろたえていた。たしかに春菜がなにもいわずに五日間も留守にするなんてことはあり得ない。彼女の場合、一泊二日の旅行予定だってロクさんに伝えるはずだ。もちろんそんな義務はないが、春菜はそういう女性なのだ。

「とりあえず、彼女のゲストハウスに行きましょう」

一橋とチワワさんとロクさんはそのまま春菜のゲストハウスに向かった。ゲストハウスに到着するやロクさんは中年女性の管理人に話を始めた。管理人とロクさんは知り合いだ。春菜がこのホテルに宿泊できたのもロクさんを通じてである。

ロクさんは管理人を説得して部屋の鍵を開けてもらうことになった。もちろん部屋の中に入るのは管理人立ち会いのもとだ。念のためロクさんがチャイムを押した。やはり返事がない。ノックをしても同じだった。管理人はマスターキーを使って鍵を開けようとしたが、ふと手を止めた。そんなことをせずとも扉が開いたのだ。

「バールかなにかでこじ開けたんだ」

扉を調べたロクさんがドアノブ付近を指さした。木製扉と木枠《きわく》の隙間に金属を無理やり押し込んだような不自然な痕《あと》がある。

管理人によると、深夜のフロントは無人になるのでそのときに狙われたかもしれないという。彼女は扉を開けて一橋たちを招き入れる。そして彼らは玄関先で立ちすくんだ。

部屋の中はひどく荒らされていた。そして春菜の姿はなかった。

15

ロクさんが国際電話で春菜の実家に電話した。なにかあったときのために春菜の日本での連絡先を聞いておいたのだ。ロクさんは春菜にとって頼れる父親のような存在だ。電話先の母親も娘からロクさんのことは聞いているようで話はスムーズに進んだ。母親は春菜が日本に帰ってないことを告げた。また旅行の予定も聞いていないという。ロクさんは母親を心配させないため、春菜の失踪のことを伏せたまま電話を切った。

管理人によればここ三、四日ほど春菜の姿を見かけていないという。

ノートパソコンの故障と春菜の失踪。

本当に偶然なのか。ノートパソコンはたまたま不具合を起こして、春菜は気まぐれに一人旅に出た。彼女の不在を狙って空き巣が入り込んだだけ。そう解釈すればなんら問題はない。

しかし春菜の部屋は扉がこじ開けられ中が荒らされていた。バッグや袋の口は開いたままになっていたし、中が見えるように最小限のものだけ外に引きずり出されていた。メモ帳や本も広げたままになっていた。誰かが限られた時間の中で物色《ぶっしょく》したあとの荒れ方だった。

問題は春菜の行方である。一橋の脳裏にゴルゴさんの姿が浮かび上がってきた。実はゴルゴさんはまだこの近辺に潜んでいて執拗に秘密隠滅を狙っている。一橋の部屋に忍び込んでノートパソコンを壊して、さらには春菜を拉致《らち》した。

しかしなんのために春菜を拉致したのか。どうしてノートパソコンを破壊するのか。考えられるとしたらこれしかない。春菜がゴルゴさんの秘密を知った。そしてあのノートパソコンにはそれを裏付けるデータが残っていた。

しかし一橋はかぶりをふった。

あのノートパソコンの中身はつぶさに調べてみたが、ゴルゴさんに関するデータは何一つ残っていなかった。ましてや春菜がそんなことを知りようがない。もしなにか知っていたなら真っ先にロクさんに相談するはずだ。

それにゴルゴさんがこのカオサンに姿を見せるとは到底思えない。多くの警官たちが目を光らせている。殺しの現場であるミカドホテルに侵入してノートパソコンを破壊して、さらに女性とはいえ大人一人を連れ出すなんて困難極まりない。

そう考えるとやはりただの偶然が重なっただけとも考えられる。ノートパソコンはただの故障で、春菜は旅行中で彼女の不在を狙って空き巣が入った。

　そのとき、ロクさんが部屋の中に入ってきた。

「とりあえず警察には連絡してきた。ただ彼らが真剣に動いてくれるかどうか分からん」

　ロクさんが唇を噛んだ。顔面蒼白で瞳が険しい光を放っている。一気に老け込んだように見えた。間もなくして斎藤さんやチワワさん、小林までが一橋の部屋の中に入ってくる。

「小林くん、君は日本に帰るんじゃないのか?」

「そんなこといってる場合じゃないでしょう。僕だって協力させてもらいますよ」

　小林が頼もしくうなずいた。初めて彼を心強く思った。

　一橋は一同に状況を説明した。

「パソコンを壊したのも、春菜さんを誘拐したのもゴルゴさんですかね」

　最初に意見したのは小林だった。

「可能性としてはあり得ないことじゃないな。まだ彼は見つかっていないわけだし」

　チワワさんの言葉に斎藤さんもロクさんもうなずいた。

「でもあのパソコンにはゴルゴさんに関することはなにもなかったはずですよ」

　一橋はかねての疑問を挟む。

「それは僕たちが気づかなかっただけかもしれない。なにかが残っていたんだよ。もしくは疑わしきマシンはすべて破壊というゴルゴさんのこだわりがあったのかもしれない」

たしかに気づかなかったということもあり得る。小型のノートパソコンとはいえOSのプログラムまで含めれば膨大なデータが埋まってる。すべてを把握するのはプロフェッショナルでもない限り困難だ。

「ところでフィガロのダイイングメッセージの意味は分かったの？」

チワワさんが新たな謎を投げかけてくる。ダイイングメッセージ――めた、も。いろいろあったから忘れかけていた。

「まだ分かってません。おそらくデータを開く際のパスワードだと思ってるんですけど」

「それはどうだったの？」

「あのノートパソコンにはパスワードで開くようなデータはなかったですね」

一同、腕を組んだまま静まりかえった。

「とりあえずどうします？」

一橋はロクさんに声をかけた。こういう状況になった場合、ロクさんが決断を下す。皆がそれに従う。いつの間にかミカドホテルの暗黙のルールになっていた。

「警察は当てにならん。僕たちで手分けして春菜ちゃんをさがそう。旅行に出た可能性もあるから僕とチワワさんでそちらの方面から洗ってみる。一橋くんと小林くんは彼女の友人知人を当たってくれ」

「あのぉ、俺はどうすれば……」

斎藤さんが手を上げた。その状態でユラユラと揺れている。

「君は留守番と犬の世話だ」

一橋と小林は立ち上がると部屋を飛び出していった。

＊

「あの美容院ですね」

小林がインターネットカフェの向かいにある建物を指さした。道路に面した部分はすべてガラス張りで中の様子が見通せるようになっている。カラフルなファッションの若者たちが動き回るガラス張りの美容院は、金魚が泳ぎ回るガラス鉢を思わせる。車の排気ガスや砂埃が舞う風景の中に不自然に浮いて見える。ここはプロムポン駅近くに建つオープンしたばかりの美容院だ。このスクンビット通り沿いにある美容院に予約を入れたと春菜がいっていた。その髪型を決めるためビフォーアフターを借りに来たのだ。一橋も先日、この美容院を目にしたばかりだ。ゴルゴさんを尾行してフィガロのホテル火災を目の当たりにした日である。

「春菜さんは美容師にこれからの予定なんかを話していたかもしれないですね。旅行だったら行き先が分かるかもしれない」

建物の中では多くの若者たちが順番待ちをしている。客には日本人と思われる女性も見受けられた。

小林が「行きましょう」と一橋を促しながら道路を横切って渡っていく。一橋もついていった。

ちょうどテナントの天井の高さに美容院の看板が掲げてある。まるでハリウッドスターのサインのような洒脱な字体で『metamorphose』とネオンサインが刻まれている。見慣れない単語だ。

「どういう意味なんだろ」

一橋は首を傾げながら小林のあとを追った。

店内は燻されるような暑さとは対照的に冷蔵庫のように冷えていた。スクンビット通りに面する部分はガラス張りで、天井と壁はコンクリートの打ちっ放しになっている。奥に向かってミラーと若い女性が腰掛けたチェアがズラリと並んでいる。その間を十人以上のスタッフが飛び回り、まるで戦場のような忙しさだった。

小林が受付の女性に声をかけた。幸い彼女には英語が通じた。

「僕に任せてください」

小林が流暢《りゅうちょう》な英語で女性にいくつかの質問をする。しかし女性はそのたびに首を横にふった。小林がカウンターの上に開かれているノートを指さした。どうやら予約ノートのようだ。

「ハルナ・ワカツキ」

小林が名前を告げると女性はノートをめくって彼女の名前がないかチェックしてくれた。指に金のリングが光っている。一橋は春菜のくれた指輪を思い出した。そのときゴルゴさんは顔を真っ赤にさせて照れていた。いまとなってはそれすらも夢の出来事のようだ。

「シー？」

女性はノートを一橋たちの方へ差し出してノートの真ん中を指さした。そこにはアルファベットで春菜の名前が記されていた。しかし赤い二本線が引かれている。小林はその意味を尋ねた。

「二日前に予約が入っていたけど来なかったみたいですよ」

「すっぽかしか」

受付の女性は一橋に向かって肩をすくめる仕草をした。そのあとは予約の変更の連絡が来ていないという。

「コップンカー（ありがとう）」

　小林と一橋は胸の前で手を合わせてタイ式のお辞儀をした。店を出るときにカウンターに積まれていた店の名刺を一枚もらってポケットに入れた。

「どうして予約をすっぽかしたんでしょうねえ？」

　春菜にはビフォーアフターのソフトがはいったCDを渡してある。それでどのようなヘアスタイルにするかシミュレートするつもりだったはずだ。気に入るヘアスタイルが見つからなかったのか。それなら美容院に予約変更か中止の連絡を入れるはずだ。すっぽかしをして店に迷惑をかけるような女性ではない。

「旅行ですかね」

「美容院の予約をすっぽかして旅行に行くなんて不自然じゃないか？」

「そうですかね？」

　小林が首を小さく傾ける。

「女の子だったら美容院で髪をきちんとセットしてから旅行に赴《おもむ》くと思うよ。わざわざあんな混んでる美容院のカリスマ美容師に予約を入れているんだ。そのまえにビフォーアフターで髪型をチェックするという気合いの入れようだろ。そういうときの女って旅行どころじゃないと思うんだ」

「つまり誘拐されたってことですか？」

一橋は答えなかったし、小林も同じ質問を繰り返さなかった。

＊

一橋は自分の部屋に戻るとベッドに寝そべった。ロクさんたちは戻っていなかったが、春菜が旅行に出たということは考えにくい。なんらかの事件に巻き込まれた可能性が高い。やはりゴルゴさんだろうか。

一橋はポケットの中を探った。

美容院の名刺といっしょに指輪が出てきた。飲み込めばくれた人との愛が成就するという。これと同じものをゴルゴさんも受け取っている。

ゴルゴさんが飲み込んでいれば……。

一橋は強く念じた。もし二人の愛が成就するなら春菜は無事でいるだろう。ゴルゴさんも愛する人は殺すまい。

「バカバカしい……」

一橋は指輪にふっと息を吹きかけた。指輪にまとわりついていた埃がぱっと舞う。ゴールドのリングに小さく真っ赤な石がちょこんとのっている。どう見ても子供の玩具《おもちゃ》だ。もっともその通りなのだけれども。

一橋は指輪をポケットの中に放り込んだ。安物玩具と分かっているけど捨てられなかった。自分と春菜を見えない力で結んでくれているような気がした。昔から指輪には不思議な力が宿っているといわれる。そんな子供だましの力にもすがりつきたい気分だ。

「これはもういいよな」

一橋は美容院からもらってきた名刺をゴミ箱に放り投げようとして手を止めた。名刺には美容院の看板と同じ字体で『metamorphose』と刻まれている。英語なのかフランス語なのかよく分からなかったが、冒頭部分は「メタモ」と読める。

「メタモ……めたも……めた、も！」

偶然だろうか。フィガロが残した言葉と冒頭が一致する。

一橋はホテルを出てインターネットカフェに飛び込んだ。大手ポータルサイトの辞書ページを開いて名刺を確認しながら単語のスペルを打ち込む。エンターキーを押すと一瞬で、

『メタモルフォーゼ（ドイツ）変身・変容・変態』

と表示された。

「ドイツ語か……」

いかにもバーや美容院の名前になりそうな発音の単語だ。どことなく現代的な響きがある。

一橋は息を止めてみた。三十秒も我慢すれば苦しくなる。その状態で「メタモルフォーゼ！」と叫んでみたが、「メタ、モ……！」になってしまった。周囲の客たちが訝《いぶか》しげな目で一橋を見る。一橋は咳払いでごまかした。

死に際にフィガロは最後の力をふりしぼって「めた、も」という言葉を残した。しかし本当は「メタモルフォーゼ」と伝えたかったのではないか。もしそうだとすると、どうして日本人のフィガロがタイでドイツ語の単語を？

一橋の頭の中に靄《もや》が広がり始めた。靄の向こう側にはなにかがあるのだが、霞んでうまく見えない。輪郭がおぼろげに浮かんでくる。なにかがある。一橋は頭を掻きむしった。もどかしい痛痒《つうよう》が頭の中に広がっていく。

「最近、ドイツって言葉を聞いたな」

一橋は瞼を強く閉じた。ドイツがどうのこうのって誰かが話していた。しかし思い出せない。

「メタモルフォーゼ……変身」

変身。たしかに美容院に行けば変身できる。店の名前の由来もそういうことなのだろう。

でも……。

他にも変身できる手段があるじゃないか。

美容整形！

一橋の頭の中で靄が一気にはじけ飛んだ。靄の中に見え隠れしていたものが鮮やかに姿を現した。

それはビフォーアフターだった。

マイコンはビフォーアフターが「ドイツ製」だといっていた。つい最近タイトルが決まったばかりでまだ流通にものっていないともいっていた。ソフトには開発コードネームがついているのが一般的だ。商品名の決まっていない開発中のソフトの仮名である。マイコンもたしかにそういっていた。このソフトはビフォーアフターの正式商品名がつく前に開発者たちからなんと呼ばれていたのか。

一橋はすぐにインターネットで検索をかけた。ビフォーアフターを開発したソフトメーカーのサイトはすぐに見つかった。それによればビフォーアフターは来月ヨーロッパとアメリカと日本で販売が始まるらしい。ビフォーアフターのページを読んでいくと、文中に『Code Name : metamorphose』という記述を見つけた。

「ビンゴ！」

フィガロのダイイングメッセージはビフォーアフターのことだったのだ。彼はソフトを開発コードネームで呼んでいた。おそらく発表されたばかりの商品名になじんでなかったのだろう。

春菜も美容院の名前をヒントに同じ結論にたどり着いたに違いない。あの整形ソフトを使ってゴルゴさんの秘密を知ってしまったのだ。しかしそれがなんなのか分からない。

とりあえずビフォーアフターが必要だ。ビフォーアフターの入っているパソコンはすべて壊されてしまった。ゴルゴさんの目的はビフォーアフターだったのだ。残るは春菜にコピーしてやったCDしかない。まさか数百万円もするソフトを買うわけにはいかないし、そもそもまだ発売されてない。マイコンのようにアングラ経由で入手するだけのスキルもない。

しかし肝心の春菜が失踪している。

一橋はインターネットカフェを出ると、そのまま春菜のゲストハウスへ向かった。管理人に片言の英語で忘れ物をしたから春菜の部屋へ入れてほしいと頼んだ。彼女は一橋がロクさんの知り合いであることを知っているので、立ち会いの下で春菜の部屋に入れてくれた。まだ荒らされた状態なので、部屋を整頓するふりをしてCDを捜した。

棚の本を取り上げると中から写真が落ちてきた。ページとページの間に挟んであったようだ。春菜と背の高い男性が寄り添うようにして写っている。銀縁のメガネをかけた理知的な青年だ。背景に東京ディズニーランドのシンデレラ城が見える。おそらくこれが事故で亡くしたという恋人だろう。写真を裏返すと「金太郎とディズニーランドにて」と日付とともに記してある。春菜がバンコクへやってくる二年前に撮影されたものだ。二人ともその後の悲劇を想像できないほど幸せそうに微笑んでいる。

「金太郎か。冗談みたいな名前だな」

ハンサムには違いないが名前のイメージとは随分とかけ離れている。しかしいまは春菜のプライバシーを覗いている場合でない。一橋は写真を元の場所にそっと戻した。

思ったより早くビフォーアフターの入ったCDを捜し当てた。ラベルにはなにも書いていないが、一橋がパンティッププラザで購入したものと同じだから間違いない。そのおかげでこの部屋を物色したであろうゴルゴさんにも見つからなかったのだろう。

一橋は自分の部屋に帰ってデジカメをもち出した。それとCDをもって再びインターネットカフェに行く。先ほどとは違うカフェだがここにはマッキントッシュが置いてある。ビフォーアフターはマッキントッシュ専用ソフトなのだ。いまでも医学系はマッキントッシュ派が多いという。一橋はマッキントッシュの前に座るとCDをトレイに入れて、ビフォーアフターをインストールした。またたく間にプログラムは読み込まれていく。難しい操作は必要なく、インストールは完了した。デジカメを確認する。いままでに撮影した画像が収まっている。何枚かゴルゴさんの写真があるはずだ。一橋は一つ一つ丹念に捜していった。その中に一枚、ゴルゴさんの真正面からの画像があった。顔が大きく写っているのでビフォーアフターに取り込めるだろう。

一橋はゴルゴさんの画像をビフォーアフターで開く。ビフォーアフターのキャンパス上にゴルゴさんの画像が表示された。画面には細かくツールバーやアイコンが並んでいる。はさみやナイフのアイコンはなんとなくなにに使うのかイメージできる。一橋はゴルゴさんの瞳や髪の色を変えてみたり、顎のラインを削ってみたり、鬚をつけてみたり、ヘアスタイルを変えてみたり、いろいろと試してみた。そのたびに表情は大きく変わっていくがこれといって思い当たる顔にはならなかった。

「春菜ちゃん……君はたどり着いたんだろ」

一橋は画面に向かってつぶやいた。おそらく春菜もフィガロのダイイングメッセージと美容院の名前からこのソフトに行き着いた。そしてこのソフトを使ってゴルゴさんの秘密を知ったのだ。偶然かどうかは分からないが、ゴルゴさんの顔を修整していくうちに心当たりある人物の顔貌にたどり着いたのではないか。それを察知したゴルゴさんは春菜の口を封じた。そうなればゴルゴさんはいまもこの近くで息を潜めていることになる。こうしている間にもどこかで一橋の行動を監視しているのかもしれない。

一橋は咄嗟に周囲を見渡したが、ゴルゴさんらしい人物は見あたらなかった。ときどき店内を警戒しながら一橋はそれから数時間、ビフォーアフターと向かい合った。いろいろと試しているうちにソフトの使い方もほぼマスターすることができた。

しかし、ゴルゴさんの秘密を探し当てることはできなかった。

16

ホテルに戻るとフロントの前がなにやら騒がしかった。ロクさんが警官たちとなにかを話している。オーナーも含めてミカドの住人たちも集まっていた。皆、それぞれ険しい顔をしている。

春菜になにかあったのでは……。

不安を飲み込んでロクさんに尋ねた。

「フィガロのホテル火災から出てきた焼死体がゴルゴさんかもしれないんだよ」

ロクさんの顔にも狼狽《ろうばい》が浮かんでいた。一橋もどういうことなのかすぐには理解できなかった。それからロクさんは警官とタイ語で話し込み始めた。一橋は呆然とその様子を窺っていた。

「一体どういうことなんですか?」

話が終わるやいなや一橋はロクさんに詰め寄った。ロクさんも信じられないという様子で首をふった。

「僕だってよく分からない。フィガロの部屋の焼け跡から焼死体と一緒にゴルゴさんのパスポートが出てきたっていうんだ」

フィガロはすでに殺されていたからあの部屋は無人のはずだ。

「パスポートって、あれだけの火事なら残らないでしょ」

「うん。だけどパスポートは燃えにくい素材の袋に入っていたらしい。一緒に現金やトラベラーズチェックも入っていて、それらも焦げただけで済んだそうだ。それらは焼死体の衣服のポケットに入っていたらしい」

死体の損傷はひどかったが、衣服の一部が焦げた状態で残っていたという。

「パスポートだけじゃ、死体がゴルゴさんかどうかなんて分からないですよ」

「だから遺体を確認してほしいって来てるんだ。いまから警察病院に行くことになった」

ホテルの玄関では先ほどの警官がロクさんを待っている。

「僕も行きますよ」

一橋がいうとロクさんはほっとしたような笑みを浮かべた。

「君がついて来てくれると助かるよ。正直、病院の死体安置室に入るのは心細いんだよ」

「僕だって黒焦げ死体を見るのは怖いですよ。だけどどうしてもゴルゴさんがあそこで焼け死んだなんて信じられないんです。だって自分で火をつけたんでしょう。放火した本人が逃げ遅れるなんて考えられない」

一橋はフィガロのホテルに向かうゴルゴさんの服装を思い出した。黒いトレーニングウェア姿だった。あれなら動きが取りやすいはずだ。

「とにかく確かめに行こう。百聞《ひゃくぶん》は一見《いっけん》にしかず、だ」

一橋とロクさんはホテルを出て、外で待機していた警察車両に乗り込んだ。二十分ほど車を走らせると、死体を収容してある警察病院に到着した。そのまま地下一階にある死体安置室に通された。四方をコンクリートで固められた簡素な部屋だった。ステンレス製のストレッチャーの上に真っ黒になった遺体が寝かされていた。一橋は人影が寝ているのかと思った。

一橋もロクさんも部屋の入り口で立ち止まり、それ以上進むのを逡巡《しゅんじゅん》したが警官たちに背中を押されて中に入った。服の隙間から入り込んだ冷気が背中をゆっくりと上ってくるような感じがした。

白衣を着たタイ人医師が一橋たちを遺体まで案内してくれた。

「よく焼けてますね……」

初めて近くで見る焼死体に衝撃を受けるかと身構えていたが、思ったほどでもなかった。

これほどまでに変わり果てると、人間というより物体に思えてしまう。その姿はまるで墓から掘り起こしたミイラを真っ黒な墨で塗りつぶしたようだ。焦げた衣服の一部が体にまとわりついている。がっしりとした骨格からなんとなく男性だと判断がつく程度で、それ以上の特定は難しい。親兄弟が見たって判別できないだろう。

警官と医師がなにやらロクさんに話しかけている。タイ語なので一橋には内容が分からない。

「死体のポケットに入っていたんだって。パスポートはアルミ系の小物袋に入っていたから表紙が焦げただけで済んだようだ」

ロクさんが彼らの話を要約してくれた。白い手袋を嵌《は》めた警官がナイロン袋に入ったパスポートを取り出す。ページをめくるとゴルゴさんの顔写真が貼り付けてあった。名前は『山《やま》崎渉《ざきわたる》』とある。初めて知るゴルゴさんの本名だ。出身地は大阪となっている。

「山崎渉さんか。デュークとかジークじゃないんだ」

「大方の予想通り、コテコテの関西人でしたね」

一橋は黒炭を思わせる遺体の顔をじっと見た。頰や唇などの多くが焼け落ちているので顔立ちを窺い知ることはできない。しかしそれが苦悶を表しているのは間違いない。二人は遺体に向かって手を合わせた。

「火の回りが早くて逃げ出せなかったんですかね」

一橋は数日前の火災の状況を思い出した。火山噴火を思わせる火炎と黒煙がコンクリートの建物を飲み込み蝕《むしば》んでいた。あの火炎と煙は単なる火の不始末とは思えない。案の定、ガソリンの引火によるものだという。火炎は一瞬にして燃え広がり、放火犯をも飲み込んでしまったのだろうか。

警官の隣に立っていた白衣を着た医師がロクさんに話しかけた。それを聞いているロクさんの顔がみるみる強ばっていった。そして険しい顔をゴルゴさんの遺体に向けた。

「どうかしたんですか？」

「まるでミステリ小説みたいになってきたよ」

医師が死体を反転させてうつぶせにした。そして後頭部あたりを指さした。その部分は大きくへこんでいた。医師がなにやらロクさんに説明をしている。

「バットのようなもので殴られた痕らしい。かなりの損傷だって」

殴られた痕？

「ど、どういうことですか？」

「背後から何者かに襲われたと警察は見てるらしい。だけど直接の死因は火だってさ。気管がひどく焦げていたから殴打《おうだ》されたあとはまだ呼吸があった」

「ということはフィガロの部屋にはもう一人いて、そいつがゴルゴさんを殴り倒したってこと?」

「この死体が間違いなくゴルゴさんならそういうことになるね」

ロクさんが黒い死体を見下ろしながらいった。一橋は意味がよく分からなかった。

「間違いなくってどういう意味ですか?」

ロクさんは一つ咳払いをすると天井を見上げた。蛍光管がちらついてその周りを小さな羽《は》虫《むし》が飛び回っている。頭の中を整理しているのか、彼はしばらく明かりを見つめていた。やがて一橋に向き直ると、

「ゴルゴさんってまだ生きてるんじゃないかな」

といった。

「じゃあ、この黒焦げはなんなんですか?」

「ゴルゴさんのでっち上げだよ」

ロクさんは真面目な顔で答えた。

「でっち上げって……替え玉偽装ってことですか?」

「うん。ゴルゴさんは自分の存在をカムフラージュするために替え玉の死体をでっち上げたと思うんだよ。フィガロの部屋へ自分と同じような体格の別人を連れ込んでバットで殴って

気絶させる。そしてガソリンを撒いて火をつけた。死体をパソコンのデータもろとも焼き尽くす。そのとき自分のパスポートを不燃性の袋に入れて死体のポケットに忍ばせておいたんだ。警察や僕たちにゴルゴさんが死んだと思わせるためさ。そう考えればこの死体の殴打痕は説明がつくだろ」

「なるほど……」

一橋はいままでのことを整理した。

まずはフィガロの残した言葉。あれは例の美容整形ソフトを意味すると思われる。おそらくゴルゴさんは手配中の犯罪者で、整形によって顔を変えた。それに気づいたのがマイコンだ。あのソフトでゴルゴさんの素顔を割り出したのだ。マイコンはゴルゴさんを脅迫した。それで彼はマイコンの口を封じた。そのデータを受け取ったフィガロも然《しか》りだ。さらにゴルゴさんは自分のデータが残っていそうなパソコンを手当たり次第に壊して回った。

クロケンは犯罪者の逃亡を仲介するブローカーだ。ゴルゴさんは彼との間になんらかのトラブルを抱えたのだろう。クロケンを殺害したのもゴルゴさんだ。

そして春菜。彼女もあのソフトを使っているうちにゴルゴさんの正体を知ってしまったに違いない。その後二人の間にどのようなやりとりがあったのかまでは分からない。とにかくいまは彼女の無事を祈るしかない。

やはり春菜の失踪も突然動かなくなったノートパソコンも偶然とは思えない。死体に残った殴打痕もヘンだ。そう考えるとロクさんの推理は正しいように思える。

「ゴルゴさんのカムフラージュだよ。彼は名前を変えて別人として生きていくつもりさ」

ロクさんの表情は険しい。春菜のことが心配でいてもたってもいられないのだ。

死体の傍らに立っていた白衣の医師が別のナイロン袋を差し出した。中には小さな金属が入っている。鈍い金色をしていた。医師はそれを取りだしてロクさんに説明を始めた。その小さな金属を見たとき、一橋はめまいを覚えてよろめいた。金色の金属はリング状の形をしていた。そして小さな赤い石がついている。

「この指輪が死体の胃袋の中に入っていたそうだ。なんだってこんな物を食うんだよ？」

ロクさんがナイロン袋を蛍光灯にかざしながら鼻を鳴らす。一橋にはその小さなリングがなんであるのかすぐに分かった。春菜からもらったおまじないの指輪だ。

「どうしたの？　ぼうっとしちゃって」

ロクさんが一橋の顔を覗き込んできた。

「い、いや……別に……。なんで指輪なんて飲み込むのかなって思っただけです」

一橋は知らないふりを決め込んだ。頭の中身がすべてひっくり返されたように混乱している。

指輪のことは彼と春菜と一橋の三人しか知らないはずだ。遺体の身元確認に一橋か春菜が立ち会わなければこの指輪は見過ごされてしまうだろう。そんな不確かなことを期待してゴルゴさんがわざわざこの死体に指輪を飲ませたとは思えない。

ゴルゴさんの恋の本命は春菜だったに違いない。だから飲んだのだ。いいオッサンが女子高生みたいにおまじないを信じて。

つまりこの黒焦げ死体はゴルゴさんなのだ。

一橋の頭の中でいままで積み上げてきた推理の積み木がガラガラと音を立てて崩れた。もうなにがどうなっているのか分からなくなった。

もし、ゴルゴさんが一連の事件の犯人じゃなかったら……。

誰があのカツラをかぶってクロケンとマイコンを殺したというのか。誰がフィガロの頭を吹っ飛ばしたのか。誰がゴルゴさんを焼き殺したのか。誰がマッキントッシュを破壊したのか。春菜はいったいどこへ消えたのか。

さまざまな疑問がシャボン玉のように次々と溢れ出てくる。

犯人は他にいる。それもミカドホテルの中に。

マイコンのベッドの下に置いてあったマッキントッシュが壊されたとき、外部の人間の仕業ではないという結論を出した。マッキントッシュを破壊した犯人はミカドホテルの住人しか考えられない。その人物がマイコンやフィガロを殺害したのは間違いない。この死体と指輪を見るまではその人物がゴルゴさんだと決めつけていたのだ。

ゴルゴさんの部屋をみんなで調べたとき、例のカツラが見つかった。あれだってゴルゴさんに罪をなすりつけるための細工だとしたら……。

あの中の誰かがどさくさに紛れてカツラを袋の中に詰め込んでおいた。決してできないことではない。

春菜はパンティッププラザでゴルゴさんが向こう側のエスカレーターの方を見ていたという。その直後にゴルゴさんの姿を見失った。ゴルゴさんがそのエスカレーターで先回りをして、フィガロを撃ち殺したと思っていたが見当違いだったようだ。ゴルゴさんはそのエスカレーターで誰かを見つけたのだ。その人物とはゴルゴさんも一橋もよく知っている人物、つまりミカドホテルの人間だ。

――誰も信じるな。

フィガロが殺されたあとのゴルゴさんの言葉が思い出される。

その後、ゴルゴさんはフィガロのホテルを探し当てた。マイコンのパソコンは壊されてしまったが、フィガロのパソコンにはマイコンから送られた犯人の秘密が残されている。

おそらくゴルゴさんはそのデータを入手して犯人を強請るつもりだったのだろう。

そして彼はフィガロの部屋に忍び込んだ。フィガロのパソコンを起動させ、電子メールの中からマイコンからのメールを探す。

一橋の脳裏にゴルゴさんの背後に近づく影が浮かび上がった。その影は凶器をふり上げてゆっくりとゴルゴさんに近づいていく。

「どうしたんだい？　怖い顔してるよ」

ロクさんの呼びかけに一橋は空想を閉じた。ロクさんが一橋の顔色を窺うように見つめていた。

「な、なんでもないです。黒焦げ死体なんか初めて見たからショックを受けているだけです」

一橋は作り笑いを取り繕《つくろ》った。推理に間違いがなければロクさんも容疑者になる。ロクさんの人を気遣う優しさも演技なのか。チワワさんの変態ぶり、斎藤さんのジャンキーぶり、小林の気弱そうなふりもそうなのかもしれない。彼らの誰かがおぞましい殺人事件の犯人なのだ。

もう誰も信用できない……。

ロクさんの顔が歪んで見える。

人間不信に陥りそうだった。

17

「僕、ミカドを出ます」

警察病院から帰る途中、一橋はロクさんにそう告げた。病院を出てからずっと考えてきたことだった。

「唐突になんだよ。驚かさないでくれよ」

ロクさんが本当に驚いたような顔をして一橋を見た。

「すみません、ロクさん……」

「い、いや。ちょっと驚いただけさ。たしかにこんな事件があったんだ。ミカドを出たくなる気持ちも分かるよ」

ロクさんは少し寂しげに笑ってうつむいた。

「ロクさんはどう思いますか？　あの死体を」

一橋の問いかけにロクさんは顔を上げて顎鬚を撫でた。

「間違いなくゴルゴさんの替え玉偽装だと思うよ。彼はいまでもどこかで生きていて息を潜めてる。だけど僕は必ず彼をさがしだすよ。春菜ちゃんのことがあるからね」

穏やかに話すロクさんだが、瞳は周囲のネオンやヘッドライトを反射させてカミソリのように鋭い光を放っていた。

「そうですか……」

一橋は厳しい表情のロクさんをじっと見つめた。

あの死体はゴルゴさんだ。ロクさんは指輪のことを知らない。しかしロクさんが真犯人なら、彼はあの死体がゴルゴさん本人であることを承知している。その上でゴルゴさんに罪をかぶせるつもりなのだ。

ただ、いまのロクさんは心底ゴルゴさんを憎んでいるような目をしている。

しかし油断はできない。フィガロが殺された日にゴルゴさんがいっていた言葉を思い出す。

――誰も信じるな。

ゴルゴさんはあの時点でおそらく犯人を知っていた。彼はミカドホテルの住人の誰かが犯人であるようなことを匂わせていた。あのとき犯人はどんな心境だったのだろう。

誰も信じるな。

ロクさんも、チワワさんも、小林も、斎藤さんも。もちろんオーナーもだ。

「もしゴルゴさんが犯人じゃなかったとしたらどう思います？」

一橋は少しカマをかけてみた。どんな反応をするだろう。

「どういうこと？」

ロクさんが目を丸くした。その瞳に不審と驚きの色が浮かんでいる。これも演技なのか。分からない。

「いや、もしもの話ですよ。誰が犯人だと思います？」

一橋はロクさんの表情の変化を注意深く見つめながらいった。

「それだったら春菜ちゃんかな」

「春菜ちゃん？」

意外な答えに今度は一橋が目を丸くした。

「ミステリ小説だったらの話さ。彼女は失踪している。普通は事件に巻き込まれたって思うだろ。実はそういう人物が犯人なんだよ」

「ありえないですよ」

先日、春菜とその話をしたばかりだ。銃声が聞こえたまさにその瞬間、春菜とは一緒にいなかった。彼女と分かれて銃声が聞こえるまでほんの二分程度。その間に春菜はフィガロを探し出して撃ち殺すことができるだろうか。

「まったく不可能だとはいえないよ。君と分かれた直後にフィガロからの合図に出くわしたという僥倖《ぎょうこう》に恵まれれば、あとは引き金を引くだけだ。それから何食わぬ顔をして君の所まで行けばいい。二分あれば充分だよ」

と、ロクさんはいった。

どちらにしても春菜はマイコンの部屋に忍び込んでマッキントッシュを壊すことができなかったはずだ。部外者の彼女はどうしたって管理人の目に触れる。そもそも彼女にマイコンやクロケンを殺す動機がない。

ロクさんも冗談とはいえ春菜を犯人扱いしたことに後ろめたさを感じたようで、

「とにかく僕は春菜ちゃんを捜し出す。彼女はゴルゴさんの秘密を知ってしまったに違いない」

と表情を硬くした。

「ところで君はミカドを出てからどうするの？」

「まだ決めてないけど、すぐに出ます。もう事件とは関わり合いたくないんです」

「そう……。無理もないか」

ロクさんが落胆をあらわにした。

とにかく見えない犯人と同じ屋根の下で暮らすのは終わりにしたかった。いままではゴルゴさんだけを警戒していればよかったが、今度は住人全員がその対象となる。しかし事件とは関わり合いたくないというのは出任せだ。春菜は一橋にとっても妹同然である。見捨てることは絶対にできない。彼女は恋人を事故で亡くしている。金太郎という変わった名前の青年だ。

「金太郎さん。あんたも恋人なら春菜ちゃんを救ってやってくれ」

一橋は夜空に向かって念じた。それでもやはり現世の事件は現世の人間でないと解決できない。春菜を見つけ出すためにはまず真犯人を特定しなければならない。

「それで、いつ出るの？」

二人はミカドホテルの玄関までたどり着いた。時計を見るともう夜の十一時を回っている。大通りの方はすでに観光客で溢れている。パッポン通りのように露店が立ち並び、胡散臭いみやげ物を陳列させた売り子たちはトロピカルな笑みを振りまいている。昼間とはまた違ったカオサンの熱気が道行く人たちの気分を開放させている。

「いまから荷物をまとめて出ます」

「そりゃ、突然だね」

ミカドホテルには愛着がある。こんないままでも住人たちへの愛着も捨て切れない。それをこんなかたちで断ち切らなければならないのは事情が事情とはいえせつなかった。

部屋に戻って荷物をまとめた。それほど多くないので小一時間で終わる。バックパックを背負って部屋の中を眺める。狭くて汚くて薄暗い。壁や床にこびりついたカビを触るとヌルヌルする。息を吸うと饐えた臭いが鼻を衝く。劣悪をかき集めてきたような環境に慣れるのに随分と苦労したが、いまでは自分の城になった。ここを離れるのはやはり寂しい。

一橋は空っぽの部屋をあとにした。フロントに出ると住人たちが見送りに集まってくれていた。ロクさんがみんなに声をかけてくれたようだ。一同、寂しそうに一橋を見つめている。

「よかったらいつでも戻って来いよ。歓迎するから」

チワワさんが一橋の肩をぽんっと叩いた。一橋は「遠くに行くわけじゃないから」と笑顔を返した。

「一橋さん。いろいろとお世話になりました」

小林が手を差し出してきた。一橋はそっと握手を交わす。

「君はこれからどうするんだい？」

「僕も近いうちにここを出ようと思います。事件のことは忘れたいですから」

小林は臆病そうに身をすくめる。

「そうか。それもいいだろう」

一橋はデジカメを取りだしてロクさんに渡した。

「小林くん。最後に一枚くらいいいだろ。ミカドの記念にしたいんだ」

「いいですよ」

小林は笑顔を浮かべて快諾《かいだく》した。一橋はロクさんに頼んで二人で並んで握手を交わす姿を撮ってもらった。他の連中にも同じように一枚ずつ一緒に写ってもらった。

「じゃあ、ロクさん。春菜ちゃんのことは頼みます」

「ああ。本当は君にも手伝ってもらいたかったんだ。とりあえずやるだけのことはやってみるよ」

一橋はロクさんとも握手を交わすとホテルの玄関を出た。

ふり返るとミカドの住人が勢揃いして一橋を見送っている。

あの中に犯人がいる……。

一橋は軽く唇を噛むと皆に向かって手を振った。

18

一橋は美容院メタモルフォーゼの向かいにあるインターネットカフェにいた。昨夜はミカドホテルを出てから適当なホテルを求めてさまよった。バンコクは世界有数のホテル天国だ。その数は旅行会社の人間ですら把握できないほどに多い。その中でスクンビットの路地にあるホテルを選んだ。立地がいいだけに料金は高いが、しばらくカオサンからは距離を置きたかった。清潔とはいい難いがそれでもミカドホテルと比べると雲泥《うんでい》の差だ。ただ、天井に備え付けられた扇風機が故障していた。その日のうちに管理人に修理の依頼をしておいた。数日中には来てくれるという。

家族や友人たちにホテルをかえたことを伝えるためにインターネットカフェへやって来た。ここはゴルゴさんを追跡した日に入ったカフェだ。向かいにある美容院『メタモルフォーゼ』は相変わらず盛況のようだ。彼女たちは女性雑誌から飛び出してきたようなファッションで、そのエリアだけ際だって華やかだった。

あの美容院に予約を入れたまま春菜は姿を消してしまった。ミカドの誰かが彼女を拉致したのだ。それは彼女が犯人の秘密を握ったからだ。きっと彼女も一橋と同じように美容院の名前からビフォーアフターを連想したに違いない。フィガロのダイイングメッセージはこの美容整形ソフトの開発コードネームだったのだ。

しかしそれを使って春菜はなにを知ってしまったというのか。一橋にはそれがいまだ分からない。春菜は犯人の秘密に行き着いたからこそ拉致されたのだ。

それにしても犯人は誰なのか。ミカドホテルの住人全員にマイコンやフィガロたちを殺害するチャンスはあった。

まずは小林。クロケンといいマイコンといい、彼の滞在先で事件が起こっている。彼には確固たるアリバイはない。それは他の人たちにもいえることだが。

斎藤さん。周囲の人間は彼をジャンキーだと思っているが実はどうか。特に最近は殊更《ことさら》にラリってることをアピールしているようにも思える。見た目の雰囲気とジャンキーだという先入観に騙されているのかもしれない。あのゴルゴさんも斎藤さんを警戒していた。ジャンキーぶりが演技ともいっていた。果たしてそうだろうか。

そしてチワワさん。ビフォーアフターに異常な関心を寄せている。ゴルゴさんの部屋でカツラを見つけたのも彼だ。それ以外に怪しいそぶりは窺えないが、アリバイがないというだけでも充分な容疑者だ。ただ今回の犯人はフィガロの殺害時にかなり敏捷な動きを見せている。果たしてチワワさんのあの巨体で可能だろうか。

最後にロクさん。信じたくないが彼も容疑者の一人だ。フィガロのホテル火災の現場に駆けつけたとき、ロクさんとかち合った。それもいま思えばあまりにもタイミングが良すぎるような気がする。彼がフィガロの部屋に入り込み、そこに居合わせたゴルゴさんを殺害して火を放つ。ホテルを出たら一橋を見かけて声をかけた。ロクさんからすればどうしてそこに一橋がいたのか不審に感じたのだろう。さらに病院の黒焦げ死体をゴルゴさんの替え玉偽装だと主張した。そうやってゴルゴさんに罪をかぶせるつもりだったのかもしれない。ゴルゴさんの部屋を捜索しようと提案したのもロクさんだ。そのときにはすでに自らの手で例のカツラをゴルゴさんの麻袋に忍ばせていたのかもしれない。

一橋は激しく頭を掻きむしった。考えれば考えるほど全員が怪しく思えてくる。それぞれにアリバイがない。なによりあのベッド下のマッキントッシュの破壊は、ホテルの住人でないと為し得ないことだ。マシンの中に犯人の秘密を示すデータが入っていたのは間違いない。すべてを壊して回る犯人の執拗さがそれを物語っている。

とりあえずホテルをかえたことを家族たちに連絡するためメールソフトを起動させた。受信箱には妹のメールが入っていた。彼女は家族の近況報告と一緒に日本での出来事なども書き込んでくれる。もっともそちらの方はときどきニュースサイトでチェックしているのでだいたい把握しているつもりだ。

その中にまだ知らなかった一報が書き込まれていた。

『消費者金融ハッピーバンク強盗放火殺人犯を誤認逮捕』

先日、強盗放火殺人犯が逮捕されたことは妹のメールで知ったことだが、それがどうやら人違いだったらしい。犯人と思われた男は例の似顔絵に酷似していたが、その後の捜査でまったくの別人であることが判明したというのだ。

「マジかよ」

男は金を奪ったあとすぐに国外に出たに違いない。偽造パスポートでも作れば他人になりすますことだってできる。

他人になりすます……。

一橋の頭の中でビリッと静電気が弾《はじ》けたような気がした。一橋はブラウザを立ち上げて、放火犯の事件に関する記事を検索した。その中で全国紙の新聞社が運営するサイトを開いた。新聞社の情報なら信用性が高い。『消費者金融強盗放火殺人事件』という見出しの犯罪コラムが掲載されていた。

《……消費者金融ハッピーバンク浜松町支店に男が押し入りガソリンを撒いて点火したライターを持った状態で従業員に金庫の中の全額をバッグに入れるよう脅迫した。しかし犯人は従業員が言われたとおりにしたにもかかわらず容赦なく引火させた。犯人は四千万円を奪い逃走。この火事で支店長を含む従業員五人が焼死、女性従業員の一人が全身大やけどの重傷。女性の証言から作成された似顔絵がポケットティッシュの包装となり、街頭で配られているので見たことがある人は多いだろう》

一年半ほど前に起きた事件なので一橋も当時は日本にいたはずだが詳細は初めて知った。あの頃は仕事が忙しかったこともあってろくに新聞やニュースを見ていなかった。

一橋は尻のポケットからしわくちゃになったポケットティッシュを取り出す。

丸顔でどちらかといえば人の良さそうな男が無表情のまま一橋を見つめている。初対面ならきっと警戒心を抱かせない顔だろう。しかし強盗放火殺人犯という先入観をもって眺めてみると、狡猾《こうかつ》さと残忍さが透けて見えるような気がするから不思議だ。

本気で逃亡しようと考えるなら、偽造パスポートを作り名前を変えて国外へ出ただろう。しかしそれではまだ足りない。これだけ似顔絵が出回っている。いまや世界各国日本人のいない地域を探す方が大変だ。またインターネットの普及によって情報はいとも簡単に国境を越えてしまう。そんな状況ではすぐに正体がばれて通報されてしまう。

だから犯人は顔も変えているに違いない。このバンコクにはそれを請け負う闇の整形外科医もいるというし、それを仲介するクロケンのような人間もいる。金さえあれば実現は可能だ。

もし整形するなら……。

一橋は似顔絵をじっくりと眺めた。まずはこの特徴的な顔の輪郭を変えるだろう。顎を削って頬の肉を削いでしまう。これだけで随分と印象が変わる。太っていた人が無理なダイエットでいきなり痩せると別人に見えてしまうことがある。痩せるというのはいちばん手っ取り早い変身だ。次に特徴的なのはこの目だ。彫刻刀で彫ったような切れ長の一重瞼。これを二重にする。もっとも一般的な美容整形だ。そして団子っ鼻を修整する。癖のある髪形を変える。これだけでほとんど別人になれる。さらにあれから一年半もたっている。体形だってかなり変えることができたろう。

　頭の中の静電気がさらに強く弾けた。放火犯の似顔絵を頭の中で修整していくとおぼろげながらその顔が浮かび上がってくる。どことなく一橋の知っている人物に似ている気がする。

「まさかな……」

　一橋はカフェの奥の方を覗き込んだ。この店に二台あるマッキントッシュのうち一台が空いていた。一橋はそちらに移動するとポーチの中からCDとデジカメを取り出す。CDの中身はビフォーアフターだ。ソフトを勝手にインストールすることはこのカフェでは禁止されているが、一橋は店員の目を警戒しながらこっそりと行った。次はデジカメだ。この中にはミカドホテルの住人全員の画像が入っている。一橋は住人の中の一人の顔写真をパソコンに取り込んだ。

　男は戸惑ったようにはにかんだ笑顔を一橋に向けていた。

　まずは男の頬と顎を膨らませる。それにともない男の目尻が若干下がってくる。さすがはベンツ一台が買えるソフトだけある。筋肉や脂肪の微妙な重量も計算に入っているのだろう。これだけで男は別人になったようだ。シャープで精悍なイメージは希薄《きはく》となり、代わりに優しさと柔和さがにじみ出てきた。次に目をいじる。十数秒の作業で二重だった瞼は一重に変わった。同じように筋の通った鼻も修整する。多くのサンプルのうちから似顔絵にいちばん近い形状の鼻を選ぶ。

画像をいじるたびに体温が下がっていくのを感じる。冷や汗が背筋を撫でるようにして落ちていく。気がつけば息づかいも荒くなっていた。日に焼けた肌を少し白くする。そして最後に髪形を変えた。一橋は震えていた。

「嘘だろ……」

一橋は汗ばんだ手をマウスから放して画面を凝視した。そしてポケットティッシュの似顔絵と何度も照らし合わせる。

「彼」の修整後はまぎれもなく強盗放火殺人犯の顔だった。

＊

プラスチック製の簡素なイスとテーブルを並べただけのオープンカフェで一橋はコーラを啜っていた。すでに一時間以上も粘っているので、飲み物はぬるくなり炭酸も抜けかけている。天空《てんくう》は分厚い雲に覆われて鬱屈とした表情を覗かせている。なま暖かい風がカオサン通りを走り抜けていく。スコールの気配だ。その前にロクさんを捉《つか》まえたい。

一橋の願いは思ったより早くかなった。ミカドホテルへ続く路地からロクさんが現れた。

どうやら一人のようだ。他の連中には見つかりたくない。そのためにサングラスと帽子を着用してきた。一橋はロクさんのあとをこっそりとつけると、彼がカオサン通りを出たところで声をかけた。ロクさんは目を白黒させた。

「なんだ、一橋くんか。サングラスと帽子なんてしてるからすぐに分からなかったよ。まるで変装してるみたいじゃないか」

一橋はロクさんの背中をそっと押して道路標識の陰に入った。ここまでくればミカドの連中の目に触れることはあるまい。

「ちょっと見てもらいたいものがあるんです」

一橋はポケットから折りたたんだ紙を取りだした。ロクさんは受け取るとそれを開いた。

「誰だったっけ？　見たことがあるな」

一橋はしばらく紙を見つめるロクさんの表情を窺う。

「これですよ」

一橋はポケットティッシュを渡した。それを見てロクさんは「ああ、そうか」と得心したように大きくうなずいた。ロクさんに渡した紙には、ビフォーアフターではじき出した顔写真をインクジェットプリンタで印刷してある。

「少し前に犯人が捕まったと聞いたよ。なるほど、これがそいつの顔写真というわけね」

ロクさんは誤認逮捕だったということをまだ知らないらしい。そのことを伝えると少し驚いたような顔をした。

「へえ、全然知らなかった。どうも日本のことには疎《うと》くなっちまっていかんな。それにしても本人にしてみれば迷惑な話だよね。彼も事件の被害者の一人だよ」

たしかに間違われた人にとってはたまったものではない。本人の社会的信用に関わる問題だ。

「で、これがどうしたの？」

ロクさんは紙をヒラヒラと揺らす。

「ロクさんもよく知ってる人物の顔を例のソフトで整形したらこうなったんです」

「どういうこと？」

ロクさんは再び顔写真を眺めた。しかしすぐに顔を上げた。

「そいつがあの放火犯だというのかい！」

「しっ！　声が大きいですよ」

一橋は人差し指を唇に当てた。ロクさんが口を手で覆う。しかし驚愕《きょうがく》の表情は崩さなかった。

「僕がよく知ってる人物といったな。誰なの？　いったい誰なんだ？」

ロクさんは紙の男をじっと眺めた。興奮しているのか息が荒い。

「ミカドホテルの新参者ですよ」

その人物の名前を自分の口から告げたくなかった。まだどこかで間違いであるという思いにすがっていたかった。それは犯人がミカドの誰であれそう思っただろう。

「まさか……。小林くんがあの放火犯だと……」

ビフォーアフターがはじき出した小林の整形前は、消費者金融ハッピーバンクの強盗放火殺人事件の犯人だったのだ。

「この犯人の顔から顎と頬を削って、鼻と目と髪形を修整すると小林の顔になるんです。春菜ちゃんの失踪もそれに関係するかもしれません」

「なんだって？」

「春菜ちゃんもきっとこれにたどり着いたんですよ。彼女にあのソフトの入ったＣＤを渡しておいたんです。そして彼女のデジカメには小林の顔写真も入ってる」

「それで小林の秘密にたどり着いた？」

一橋はフィガロの残した言葉「めた、も」のことを話した。ロクさんは感心したようにうなずいた。

「なるほど。メタモルフォーゼか。そこから美容整形ソフトを連想していったわけだ。開発コードネームに注目するとは君たちも鋭いな」

「春菜ちゃんは小林の顔をいじっているうち、誰かに似ていることに気づいた。このソフトは整形可能な範囲でしか修整することができないそうです。また整形前の顔に戻すこともできる。正確にいえば小林の顔を整形したのではなくて、彼の整形を解除したってことになりますけど」

「つまりこの顔は小林くんの整形前ってことか」

ロクさんは険しい目で放火犯の人相を見つめた。

「そう。それが小林の素顔です」

「じゃあ、小林くんが春菜ちゃんを誘拐したということかい？」

「たぶん」

一橋はゆっくりと答えた。

「しかし……よく分からんな。マイコンたちが殺された事件と小林くんのことは関係あるのかな。マイコンたちをやったのはゴルゴさんだろ」

ロクさんはまだあの黒焦げ死体をゴルゴさんの替え玉だと考えているらしい。ロクさんは指輪のことを知らない。ロクさんを含めてミカドの住人全員を疑っていたので、指輪のことは伏せておいたのだ。

「ロクさん、あの死体は間違いなくゴルゴさんですよ」

ぼんやりと口を開けているロクさんに一橋は指輪のことを話した。そして一時とはいえロクさんに疑惑を向けていたことを詫びた。

「ということは、一連の事件の犯人は小林くん？」

雲で覆われた空がいっそう薄暗くなる。空気が重くなってきたような気がした。

「小林は日本で有名な強盗放火殺人事件の犯人です。偽造パスポートを作って海外に高飛びしたんですよ。小林って名前も間違いなく偽名です。奪った金は四千万円といわれてる。それだけあればなんとかなるでしょう。彼は犯罪者を匿ってくれるブローカーを頼ってバンコクへ逃げ込んだんです。そして整形もね」

「そのブローカーがクロケンだったのか」

「たぶん。あとは知っての通りです。おそらくクロケンは小林を強請ったんでしょう。あのオヤジならやりかねない。それで彼を殺してヤワラー《中華街》を出た。しかし、次の宿泊先のミカドホテルにはマイコンがいた。彼は美容整形ソフトをもっている」

一橋は似顔絵の入ったポケットティッシュをマイコンにあげたことがある。ビフォーアフターでミカドの住人たちの顔をいじって遊んでいたら、偶然に小林の正体を知ってしまったのだろう。

「マイコンのヤツも小林くんを強請ったのか」

ロクさんが呆れたような、そして悲しげな顔で肩を落とす。マイコンも変な欲を出さなければ命まで落とすことはなかっただろうに。しかし働きもせずギリギリの資金で自堕落な生活を送る彼には、小林の強奪金が魅力的にうつっただろう。

それから一橋は自分なりの推理をロクさんに解説した。マイコンがフィガロに送った秘密のデータとはビフォーアフターで解析した小林の整形前の顔写真だった。マイコンとフィガロはそれをネタに小林を強請ろうとして殺された。ゴルゴさんはフィガロが殺される直前にエスカレーターで三階に上っていく小林を見かけた。一橋たちから離れてあとをつけて小林がフィガロを撃ち殺すところを目撃した。そのゴルゴさんも小林を強請るネタとなるであろうデータを奪うため、忍び込んだフィガロの部屋で殺害される。

「それにしても……どうして春菜ちゃんはこんな重大なことを僕らに相談してくれなかったんだろう。少なくとも彼女は他人を強請るような女性じゃない」

「たしかに……それは分かりません。もしかしたら僕たちに相談する前に小林に勘づかれてしまったのかも」

突然、カオサン通りを湿った風が吹き抜けた。空気が重みを増し、天空は白く霞み始めた。

「来るぞ……」

ロクさんも一橋もその気配を察知していた。熱帯に一年以上いればこれがなんの前触れなのかすぐに分かる。二人は急いで近くのホテルの軒下に駆け込んだ。突然、ざっという音とともに視界が真っ白に煙った。

「タイ人って不思議ですよね。こんなに長く住んでいるくせにスコールが来るって分かんないのかな」

露店を広げているタイ人たちは慌てて商品を近くの軒下に移動させている。最後まで雨に濡れている者たちのほとんどがタイ人だ。外国人たちは雨が降る前に軒下に避難している。

「備えあれば憂いなしなんてことわざ、タイにはないのさ。その場その場で行動するのがタイ人流だ。まあ、それが彼らの面白いところでもあるんだけどね」

「マイペンライ（気にしない）の国ですもんね」

マイペンライは良くも悪くもおおらかな彼らがよく口にする言葉である。

二人はしばらく景色をかき消してしまうほどの激しい雨を眺めていた。天空をひっくり返したような雨だが十分も待っていれば、それまでのことが嘘のように晴れわたり、人々は何事もなかったように歩き出す。熱帯での雨宿りなど信号待ちをしているようなものだ。

「それでどうします？」

「やはりここは慎重に動かなきゃならん。まずは本当に小林くんがハッピーバンクの犯人なのか確認することが先決だ」

「そんな悠長《ゆうちょう》なことといってられませんよ。春菜ちゃんのことだってあります。それに小林はミカドを近いうちに出るといってました。逃亡するつもりかもしれない」

「他人のそら似ということもある。現に似顔絵とそっくりだった人が誤認逮捕されたわけだろ。そもそもこの似顔絵だってどこまで正確か分かったもんじゃない」

たしかにロクさんのいうとおりだ。この画像だけで小林を犯人と断定するのは時期尚早だ。

「でもどうやって確認するんです？」

「こうすればどうだろう。小林くんに匿名《とくめい》で脅迫状を書くんだ。『お前の秘密を知ってるぞ』みたいにね。ハッピーバンクの強盗放火殺人にばっちり触れておく。それで彼の反応を見る」

「そうですね。それがいちばん手っ取り早い」

もしも小林が真犯人なら、いまごろはゴルゴさんや春菜の口封じで安堵しているはずだ。また都合のいいことにミカドの住人たちはゴルゴさんが一連の犯人だと思い込んでいる、と小林は思っているはずだ。春菜が殺されたとは信じたくないが、彼女がいなくなって小林を疑う者はいない。彼は久しぶりに枕を高くして眠ることができる。新たな疑惑の芽がここに顔を出したことも知らずに。

「さっそくやろう。春菜ちゃんが心配だ」

ロクさんは望みを捨ててないようだ。一橋も望みがある限りそれに賭けたいと思う。春菜の死をいまはとても受け入れられない。

二人はカオサンから少し離れたインターネットカフェに入った。脅迫状はパソコンで作成することにした。手書きでは筆跡でばれてしまうかもしれない。

「どこかに呼び出すというのはどうです？　もし小林がクロだったら現れるでしょう」

「そうだな。そこで取引をもちかけよう。もちろんはったりだけどね」

ロクさんは紙に文章を書き出した。全部アルファベットだ。

「英文がいいだろう。こちらの素性もごまかせる」

「なるほど」

ロクさんはモンブランの万年筆でサラサラと下書きしていく。書き終わると紙を一橋に渡した。

「よし。これで清書してくれ。ワープロなら筆跡が隠せる」

一橋はロクさんの下書きをワープロソフトに打ち込んだ。ロクさんはアナログな人なのでパソコンを扱えない。

「これでいこう」

ロクさんはプリントした文章を見て満足げにうなずいた。そして内容を説明してくれた。

《我々は君がハッピーバンク強盗放火殺人犯で指名手配中であることを知っている。そこで百万バーツの金を要求する。明日の正午に「シーロムホテル」のロビーで待て。おってこちらから連絡する。来なければタイ、日本両国の警察に通報する。逃亡を企てても同じだ。君のことはずっと監視している》

「手紙にビフォーアフターの画像のコピーを添えて、ミカドのポストに入れておくよ。今夜にはオーナーを通じて本人に渡るだろう」

シーロムホテルとはバンコクのビジネス街と呼ばれるシーロム通りに位置する白亜のホテルだ。日本の大手旅行会社のパンフレットにも紹介される高級ホテルである。吹き抜けになっているので上の階からこっそりと広いロビーを監視することもできるし、人の出入りも激しいので人混みに身を隠しやすい。帽子とサングラスの変装をしていけば小林にばれないだろう。

「来ますかね?」

「ヤツがクロなら必ず来るさ。敵の正体を探りにね」

「それだけじゃないですよ、ロクさん。その敵を……つまり僕たちを殺すためにです」

一橋の脳裏にゴルゴさんの黒焦げがよぎった。小林がクロだとしたら彼はいったい何人の人を殺しているのだろう。

19

次の日。

一橋とロクさんは現地近くで待ち合わせをして、約束の時間より二時間も早くシーロムホテルに入った。小林も早めに来て待ち伏せをしている可能性がある。しかしロクさんがミカドを出るとき、小林は屋台で朝食をとっていたらしい。

「どうでした？　小林の様子は」

「うん。顔色も冴えなかったし、思い詰めたような表情だったね」

「あの手紙がきいたんですよ」

「今朝、あいさつ程度の会話をしたけど手紙のことはなにも言ってこなかった」

小林がシロなら、身に覚えのない手紙の内容をロクさんあたりに相談してくるはずだ。

「それで、僕たちのことを怪しんでいるような様子はなかったですか？」

「うん。大丈夫だと思う。そんな感じには見えなかったね」

二人とも化粧室でサングラスと帽子をかぶって簡単な変装をした。化粧室とはいえまるでヨーロッパの宮廷にいるような豪奢《ごうしゃ》な設備だった。大理石が敷き詰められた床はスケートリンクのようで、静かに歩かないと滑りそうなほどだ。

「ロクさんはその髭でバレバレですよ。今日くらい剃るわけにはいかないんですか？」

「こ、これはだめだよ」

ロクさんは慌てて髭を手で隠す。彼は顎鬚に異常なこだわりをもっている。風呂にもろくに入らず髪もくしゃくしゃなままのくせに、髭だけは時間をかけて手入れしているようだ。

「このホテルなら大丈夫だよ。身を隠すところがたくさんある」

「小林に見つかったら脅迫者が僕たちだってばれますよ」

「だったらハンカチで顎を隠すよ」

そういうなりロクさんはハンカチを三角に折って口元を覆った。

「小林に見つかる前に警備員にたたき出されますよ。まるでギャングじゃないですか」

どうやらなんとしてでも髭を剃るつもりだけはないらしい。たしかにこのホテルには身を潜めながらロビーを監視できるポイントがたくさんある。だからこそこのホテルを選んだのだ。

二人は三階の踊り場から観葉植物に身を隠しながらロビーを見下ろした。天井からは宇宙ステーションを思わせるクリスタルのシャンデリアが下がっている。ドーム状の天井と壁は金箔が施されており内部は大聖堂を思わせる作りになっている。ロビーの真ん中には大きな屋内噴水があって象の化身像がまつられていた。

ロビーはビジネスマンやＯＬ、外国人観光客たちで賑わいを見せていた。あちこちに設置されたカフェでは宿泊客たちが思い思いに寛《くつろ》いでいる。その中には多くの日本人も見かける。

「なんだか僕たち、場違いだよね」

ロクさんがロビーを見下ろしながら苦笑した。二人ともヨレヨレのシャツとサンダル姿だ。もう少しマシな服装で来るべきだった。

時計を見る。午前十一時を回ったところ。約束の正午まで一時間もある。チェックアウトの客たちでフロントも賑わっている。カフェでは早めのランチをとる者たちも目立ってきた。エアコンがほどよく効いて心地よい。熱帯植物の甘い香りがほんのりと漂っていた。

そのときだった。空色のポロシャツの青年が正面玄関から入ってきた。一目で分かった。小林だ。

「ロクさん」

一橋はロビーの方を顎で合図した。ロクさんが柱に身を隠しながら下の様子を窺う。

「予定より一時間も早いじゃないか」

「警戒心が強い男ですからね。早めに来て様子を窺うだろうとは思ってましたよ」

小林は噴水近くのカフェに腰を下ろすとボーイにコーヒーを運ばせた。彼はコーヒーを啜りながらせわしなく周囲を見回している。

「やっぱり小林はクロですよ。だからこそ、ここに来たんだ」

一橋は観葉植物の葉と枝の隙間から小林を覗きながらいった。

「まだ彼を犯人と決めつけるのは早い。本人の口から聞き出すまではね」

「どうします？」

「あそこからフロントに電話する」

ロクさんが指をさした方向に非常階段への出入り口がある。そのすぐ近くに木枠にガラスがはめ込まれた電話ボックスが立っていた。同じ三階のフロアだ。

「そうか。それでヤツの反応を探るわけですね」

「直接取引をもちかける。彼が応じたらすぐに次の手を打とう」

脅迫状では百万バーツを要求している。もし小林がハッピーバンク事件の犯人だったら取引に応じるはずだ。

二人はすぐに電話ボックスに向かった。扉を開くとテレフォンカード対応式の電話機が設置されている。電話ボックスの扉を閉めると外の喧騒が聞こえなくなった。

「ここから電話を入れよう」

「どちらが話します？」

「僕が話すよ。脅迫状は英語だったからこちらも英語でいこうと思う」

「そうですね。小林は英語が堪能だったから通じますしね」

声音を使ってさらに英語なら小林も電話の主を特定しにくいだろう。日本語なら日本人であることがすぐに分かってしまう。一橋は英語が話せないからこの大役はロクさんに任せるしかない。

「お願いします」

ロクさんはうなずきながら小林を眺めている。フロントからでは柱が邪魔してこの電話ボックスを見通せない。ロクさんも小林も互いが死角になる。

「フロントの電話はどこにあるんだろう？」

「あの奥まったブースじゃないですかね」

一橋はフロントの奥の方を指さした。ちょうど陰になってしまっている。

「とにかくかけてみよう」

ロクさんはあらかじめメモしておいた電話番号をダイアルする。一橋の思ったとおりフロントの男性は奥のブースに入っていった。

ロクさんは流暢なタイ語で話している。ロビーのカフェで待機している小林を電話口まで呼んでくるように指示しているのだ。

一橋は電話ボックスの外へ出て階下をそっと覗き込んだ。フロントの男はブースから姿を現すと、すぐに伝言プレートにマジックペンでなにかを書き始めた。それを掲げるとベルを鳴らしながらロビーの周辺を歩き回った。一橋はもってきた小型双眼鏡を覗き込んだ。プレートには『Mr.Kobayashi』と記されている。周囲を警戒していた小林がそれを見つけてフロントの男を呼び止める。男は小林をフロントまで丁重に案内する。小林は奥のブースに姿を消した。

一橋は場所を変えて小林の姿を確認しようとしたが、ちょうど柱や壁が邪魔をしてこのフロアからでは視認できない。

「階下へ降ります」

一橋は電話ボックスのロクさんに合図を送った。ロクさんが大きくうなずいている。

一橋はすぐに近くの階段で二階に下りた。二階に下りるとそこは広めの踊り場になっていてここもカフェとして利用されている。踊り場を抜けてロビーに下りるエスカレーターに乗る。ロビーに着くと距離を置いてフロントを眺めた。簡単な変装をしているが、念のため柱の陰に身を隠しながら小林を探った。

ここから小林の姿を視認することができた。小林は険しい顔で受話器を握っている。一橋はロクさんの電話ボックスの方を見た。小林の位置からはロクさんが見えない。小林もまさかこんな近くに電話の主がいるとは思わないだろう。一橋にも気づいた様子はない。小林はロクさんや一橋とはまったく違う方を向いて話している。

「エクスキューズミー」

突然、背後から男の声がした。ふり返るとダークスーツに身を包んだ色黒のタイ人が立っていた。一橋よりも背が高く縁なしのメガネをかけている。ホテルのスタッフだ。

「アーユーアワーゲスト？」

オールバックに髪を固めたスタッフは一橋の前に立ちはだかっている。安っぽいシャツとサンダルに真っ黒なサングラス。怪しまれて当然だ。

「ソ、ソーリー」

一橋はしどろもどろになって返事をした。そんな一橋を見て男が目を細める。一橋はチラリと小林の方を見る。まだ気づかれてないようだ。ロクさんとも一橋とも違う方向をじっと見上げながら受話器に向かって話をしている。

なにを見上げているのだろう。一橋の立っている位置からは宇宙ステーションのようなシャンデリアがジャマをして小林の視線の先が窺えない。

ホテルのスタッフがしつこく話しかけてくる。

よりによってこんなときに！

「アイアムジャパニーズ！　アイアムジャパニーズ！」

男をなんとか追い払おうと身振り手振りで話す。しかし男はあからさまに眉をひそめる。こんなみすぼらしい格好では、日本人であることは免罪符《めんざいふ》にならない。

とにかくこんなことをしている場合ではない。

小林の方を見る。彼は先ほどと同じように二階の壁の方を見上げている。ロクさんの電話ボックスとはまったく別の方向だ。受話器は切られないままテーブルの上に置かれていた。

やがて小林は二階の壁の方を見上げたままフロントから離れる。そしてそのまま小走りでホテルの外へ出て行ってしまった。しかし電話はつながったままだ。

いったいどうなった？

一橋は強引にスタッフから離れると、小林の見上げていた視線の先を追った。壁には鏡のように磨き込まれた大きな金属球のオブジェがはめ込まれていた。そこに映っているものを見て一橋は腰を抜かしそうになった。電話ボックスが、そして中にいるロクさんの姿がくっきりと映っていた。やはりあの特徴的な鬚は剃っておくべきだった。ここからでも電話の主がロクさんであることがはっきりと分かる。

それにしても小林はどうしてホテルの外に出て行ったのか……。

「非常階段だ！」

一橋は爪を嚙んだ。電話ボックスのすぐ近くに非常階段の入り口があった。あれは外に通じているはずだ。

「アーユーオーケイ？」

ホテルの男が怪訝な顔を向けている。一橋はスタッフを無視して鏡を見上げた。ロクさんはまだ電話ボックスから動いていない。ロクさんの位置から小林は見えない。いや、オブジェを通して見えるのだがロクさんは気づいていない。だから小林が外に出たことを知らない。まだ相手が不在の受話器に耳を当てたままだ。

「ロクさん、早く逃げろ！」

一橋は三階に向かって声を張り上げたが、ロクさんには届かない。あの電話ボックスは見た目以上に遮音性が高い。

「ヘイ！　アーユーオーケイ？」

スタッフが不審を塗り込めたような顔で一橋に詰め寄ってくる。ここより奥には入れないつもりだ。一橋は大きく深呼吸をした。

「ごめん！」

一橋は男を思いっきり突き飛ばした。男は倒れはしなかったものの柱に肩をぶつけて体勢を崩した。その隙をついて一橋は駆けだした。エスカレーターに乗った人たちを突き飛ばしながら二階へ駆け上がる。階下では男の怒鳴り声がした。館内にざわめきが広がる。

——ロクさん、頼むから逃げてくれっ！

祈るような思いで一橋は二階へたどり着いた。そのままカフェを走り抜ける。三階へ続く階段を上ろうとしたそのときだった。

乾いた炸裂音がこだました。

一回。二回。三回。そのたびにガラスの割れる音。

一橋は思わず足を止めてその音を聞いた。館内が一瞬、静まりかえる。しかしそのあと悲鳴に近いどよめきがわき起こった。まったく同じ音を先日、パンティッププラザでも聞いた。一橋は身体中の力が抜けてその場にしゃがみ込んだ。

「ロクさん……」

彼の名前を呼んだつもりだが、声が掠《かす》れてつぶやきにもならなかった。しばらくすると階下から客やホテルスタッフが上がってきた。彼らは一橋をまたぐようにして銃声のあった三階へと向かっていく。

一橋はしゃがみ込んだままで彼らの姿を眺めていた。野次馬たちは次から次へと通り過ぎていく。

迂闊《うかつ》だった。あのオブジェに気づかなかったとは迂闊だった。事前にホテルの構造を徹底的に調べておくべきだったのだ。そうすればあのオブジェの存在も把握できただろうし、それならあの電話ボックスを使わなかったはずだ。なにもかもが杜撰《ずさん》だった。

「ロクさん……」

一橋は壁に手をつきながら立ち上がった。そして人の流れに身を任せながら階段を上る。先ほどまで閑散としていた三階のフロアはいつの間にか人で溢れていた。

人混みをかき分けながら廊下を進む。なにかの間違いであってくれと強く念じる。電話ボックスが近づくにつれて人の密度が高くなってくる。それでもなんとか身体を押し入れて電話ボックスの前にたどり着いた。木枠にはめ込まれたガラスが割れていて、その中では血のついた受話器が振り子のように揺れている。すぐ近くにある、非常階段へ通ずる扉が半開きになっていて隙間から青空が覗いている。先ほどまでは閉まっていたはずだ。

一橋は電話ボックスの中を覗き込んだ。そして願いが通じなかったことを知った。

ボックスの中では男が倒れていた。額や顔は血で濡れていた。

「ロクさん！」

一橋はその場で腰を落として、ロクさんを抱き上げた。シャツは血を吸い込んですっかり色を変えている。全身血だらけで銃創《じゅうそう》がどこなのかも分からない状態だった。

「死ぬな！　ロクさん！　死んじゃだめだ！」

一橋はロクさんを怒鳴りつけた。ロクさんの瞼がぴくぴくと痙攣する。

「起きろ！　起きるんだ！」

ロクさんの頬を何度も叩いた。ロクさんの体はまだ温かい。まだ死んでいない。死なせてたまるものか。

「まだ春菜ちゃんは見つかってないんですよ！　ロクさんが死んだら春菜ちゃんはどうなるんだ！」

一橋はロクさんの体を激しく揺すりながら耳元で叫んだ。

「君が……やってくれ……」

ロクさんがうっすらと瞼を開けた。瞼の間から弱々しい光の瞳が覗いた。その光はいまにも途切れそうだった。

「な、なにをいってるんですか、ロクさん。頼むから死なないでくれ。僕一人じゃ、無理だ！」

一橋は涙声で叫んだ。ロクさんはふるえる指で非常階段をさした。

「頼む……一橋くん……。春菜ちゃんを救ってやってくれ。あの子はまだきっと生きてる……」

息も絶え絶えにロクさんは言葉をしぼり出している。一橋は激しく首をふった。

「ロクさんがいないと無理だ。僕一人じゃどうにもならないよ」

一橋はこぼれ落ちる涙を拭いながらロクさんにすがった。

ロクさんがなにかを伝えようと口をパクパクと動かしている。

一橋が彼の口元に耳を近づけようとしたときだった。突然、ロクさんが体を起こして一橋の胸ぐらを激しくつかんだ。凄まじい力だった。

「なんとかしろぉっ！」

血糊《ちのり》を撒き散らしながらそれだけを怒鳴って、ロクさんは糸の切れたマリオネットのように崩れ落ちた。

20

天井の扇風機がカラカラと音を立て、回ったり止まったりをくり返してる。管理人に修理するようにいっておいたはずだがまだ直ってない。

一橋はベッドの上に道具を広げた。

太めのロープ、粘着テープ、小型ハンマー、携帯用ノコギリ。

ひとつひとつは日曜大工道具だが、こうやって一ヶ所に集めると自分がサスペンス映画の主人公になったような気分になる。一橋は紙袋から黒い鉄のかたまりをゆっくりと取り出して小道具の中に置いた。モデルガンだ。できたら本物を調達したいがそんな手段も時間もない。あとはハッタリで通すしかない。さらに一橋は二リットルサイズのペットボトルを慎重な手つきで床に置いた。中には小林ともゆかりの深い液体が入っている。ガソリンだ。

警察が到着する前にシーロムホテルを出た。警察につかまれば尋問で今日一日は署を出ることができないだろう。下手をすれば事件の犯人にされてしまうかもしれない。そうこうしている間に小林は雲隠れしてしまう。そうなったら春菜の居所はつかめない。警察が事件の真相を把握してからでは遅すぎるのだ。

一橋は店を回り、ベッドの上に広げている道具や武器を買い集めた。そのあとコンビニのダストボックスから適当なペットボトルを拾った。ガソリンを入れる容器だ。それらを抱えてたったいま、ホテルに戻ってきたのだ。小窓一つしかない独房のようなミカドホテルに比べるとこの部屋は広くて明るい。十畳ほどの部屋に大きめの窓がある。

窓を開けて下を覗くとバイクタクシーの連中がたむろしている。一橋の部屋は四階だった。車一台通れる幅の道路を隔てて、同じようなゲストハウスが向き合っている。窓の向こうには金髪の若い女性が見え隠れする。一橋はベッドの上に広げたものを一つ一つ丁寧にボストンバッグに入れた。

　短い間とはいえ、いろいろと世話になったロクさんを小林は射殺した。ロクさんを見つけてホテルを出て非常階段を上って銃弾を撃ち込むまでに一分もなかった。その間にためらいや葛藤がなかったのか。それを思うと、体の奥底から熱いものが噴き上がってくる。

　許せない。小林だけは絶対に許すわけにいかない。

『なんとかしろぉっ！』

　ロクさんは最期の力をふりしぼって一橋に怒鳴った。なんとかしろといわれても、スマートな方法は思いつかない。時間もないし頼る人間もいない。ミカドの連中も当てにならない。

　結局、強硬手段をとることにした。

　モデルガンで脅しながら小林を縛り上げる。いうことを聞かせるためには多少の暴力は必要になるだろう。そして頭からガソリンを浴びせてやる。あとはライターの炎をちらつかせながら春菜の行方を聞き出す。その状況が頭の中に浮かんでくる。真っ青な顔をしてオドオドとふるえている小林がすがるような目を向けてくる。ライターを近づけるたびに絶望的に顔を歪める。

　小林は気弱で神経質な性格をかいま見せてきたが、それらは演技だったのだろうか。

　いや、違うと思う。

一連の殺しはあまりに粗暴で短絡的だ。とにかく真相発覚の芽となりそうなものを片っ端からつぶしているだけである。

気弱で神経質とは強い自己防衛本能の裏返しだ。本当に弱い者は自分を守ること、それだけに必死になる。追いつめられた弱い人間がおこすアクションはときとして常軌を逸している。自分自身を守ろうとする強い思いが、突発的な殺意と尋常でない瞬発力を引き起こす。異常に強い自己防衛本能が他人を殺《あや》めることへの恐怖や逡巡をマヒさせてしまう。それがハッピーバンク強盗放火殺人の犯行にも見て取れる。店員が自分のことを知っているかもしれない、店を出たら追いかけてくるかもしれない、これから先どこかでばったり出くわすかもしれない。それらの可能性をつぶすために何人もの命を奪った。憐れみも後悔もない。そんな感情すらマヒさせながら自分の殻に閉じこもって、必死になって自身を守っているのだ。

小林は極めて弱い人間、小心者だ――。

それだけに警戒心が異常に強い。そして機を見る能力に優れていて瞬発力がある。もうすでに逃亡の準備に入っているはずだ。

やるならいますぐがいい。奇襲攻撃だ。このままミカドの小林の部屋に乗り込む。あそこの扉ならぶち破ることは難しくない。そのためのハンマーやノコギリも用意してある。いくら小林でもいきなり踏み込まれて凶器を突きつけられればひとたまりもないだろう。

一橋はボストンバッグのファスナーを閉めた。

「これでよし」

一橋は思い立ってポケットに指を入れた。中から指輪を取り出す。春菜から受け取った指輪だ。

初めて春菜を見たときのことを思い出した。春菜は一橋と同じくロクさんの記事に感銘を受けてバンコクにやってきたのだ。

初対面の彼女はどことなく翳《かげ》りを感じさせる女性だった。明るく振る舞っていたがどこか無理をしているように見えた。恋人を事故で亡くした彼女にとって傷心旅行でもあったのだ。しかしバンコクの屈託のない風土が彼女の心痛を癒《いや》していったようだ。その翳りは日ごとに薄まっていった。彼女の笑顔を見るのがダラダラと流れていく日常の中での楽しみになっていった。

――どうか無事でいてくれ。

一橋は指輪をつまんで目の高さまでもち上げた。

これを飲めば彼女は助かるだろうか。まじないでもなんでもいい。いまはどんな些細なことにもすがりつきたい。

一橋は指輪を口の中に放り込む。目をつぶって飲み込んだ。

＊

一橋はボストンバッグをもち上げる。バッグが妙に重たく感じた。

忘れ物はないか。見落としはないか。

一橋は何度も復唱する。

そしてふっと気になった。一橋は小林に送りつけた脅迫状の文面を思い出した。冒頭の一文だ。

《我々は君の正体を知っている》

こんな意味の文章で始まったはずだ。

We。我々は。一人称の複数形。

一橋は体が急に冷えてくるのを感じた。奮い立った気持ちが熱湯につけた氷つぶてのようにしぼんでいく。

我々と謳《うた》っている以上、脅迫者は一人でないことを明言している。警戒心の強い小林がそれをとりこぼすはずがない。つまりロクさん一人を殺しても、彼にとってまだ終わりではないのだ。

もしかして……。

一橋は爪を嚙んだ。胸を叩く鼓動が激しくなる。

小林はロクさんを殺害して速やかにその場を立ち去った、と思いこんでいたがそうではないかもしれない。野次馬のふりをして三階フロアに戻ってロクさんの死体を確かめる。そこでロクさんの死体の前で取り乱している一橋の姿を見る。現場は野次馬で溢れかえっていたから、一橋は小林に気づかなかった。小林はホテルを出た一橋のあとをずっとつける。ロープやガソリンなどを買い込む姿を見て、これから一橋がなにをするつもりなのか察しただろう。小林は根気よく距離を置きながら尾行を続ける。そしてついに一橋の投宿先にたどり着く。

もう部屋の玄関の前まで来ているかもしれない。

胃が鷲《わし》づかみにされたように痛む。こうしている間にも小林はすぐ近くで息を潜めているかもしれない。一橋は窓へ駆け寄って外を覗いてみた。四階下のホテルの入り口には先ほどのバイクタクシーの若者たちが暇そうに客待ちをしている。一橋の部屋の真下には乗用車が一台止まっていた。付近に小林が隠れている様子はない。

そのときだった。部屋のチャイムが鳴った。玄関扉のすぐ上にガラスの小窓がついていて廊下の天井が見える。そこから動く人影が見える。

一橋は喉を鳴らした。ボストンバッグのファスナーを開けて中から携帯ノコギリを取りだした。本物の拳銃をもっているであろう小林に対してどこまで脅威になるか分からないが、なにもないよりましだろう。

「フーアーユー？」

武器を握りしめながら扉に近づいて魚眼レンズを覗き込んだ。外の廊下には初老の男が立っていた。手はドライバーやペンチを握っている。浅黒い肌に真っ白な歯をむき出しにしてヘラヘラとした笑顔をレンズに向けてくる。管理人だ。頼んでおいた扇風機の修理に来てくれたのだ。

「なんだよ、脅かすなよ」

一橋はため息をつくとノコギリをボストンバッグの中へ放り投げた。

「オーケイ」

一橋は鍵とチェーンキーを外して扉を開いた。管理人に向かって「中に入れ」と親指で合図した。しかし管理人はその場で突っ立ったまま中に入ろうとしない。

「どうした？」

管理人は目を見開いたままガタガタとふるえている。

「大丈夫か？」

一橋が声をかけたときだった。管理人はいきなり前へ倒れた。一橋は彼の背中を見て慄然とした。そこにはサバイバルナイフが深々と刺しこまれて突き立っていた。

一橋は目の前の状況が把握できず呆然と管理人を見下ろしていた。

「サワディークラッ《こんにちは》、一橋さん」

まもなく男が部屋の中に入り込んできた。シーロムホテルのときと同じ空色のポロシャツを着ていた。はたして小林だった。

部屋に入るなりフィガロとロクさんを殺めたであろう拳銃を一橋に突きつけてくる。一橋はゆっくりとあとずさった。

小林はレンズの死角に隠れていたのだ。一橋の部屋に訪問者が訪れるのを根気よく待っていた。よりによって管理人は最悪のタイミングで修理に来てくれた。小林はまたも罪もない人の命を奪ったのだ。

彼は玄関扉を静かに閉めるとカサカサと痙攣を始めている死体をまたいで、銃口を向けながらゆっくりと一橋の方に近づいてくる。顔には不敵な笑みを浮かべていた。

「いいホテルですね。ミカドと比べるとこちらは天国だ」

思った通り、小林はシーロムホテルからあとをつけてきたのだ。一橋は唇を嚙んだ。

「カーテン閉めてください。外から丸見えだ」

小林は拳銃で窓の方をさした。向かいの部屋の金髪女性はソファに座った状態で背を向けていた。なんとか合図を送る方法がないものか。

「早く閉めて。妙なまねをしたら撃ちますよ」

小林の声が一橋の思案を遮った。

「わ、分かった」

一橋はいわれるままにカーテンを閉めた。結局、女は一度もこちらを向くことはなかった。窓は開けたままにしておいた。うまくいけば声が漏れて外や隣の人間が気づいてくれるかもしれない。

「とりあえず聞きたいことがあるんです。そこへ座って」

小林はベッドサイドに置いてある木製のイスを拳銃でさした。一橋はいわれるままにイスへ向かった。小林の足下にはボストンバッグが置いてある。ファスナーは開いたままだ。先ほど放りこんだノコギリが顔を出している。中身は武器で満載だ。なんとか取り出せないものか。

「座ってください」

小林がイスに向かって顎を突き出した。一橋は黙って腰を掛ける。

「いろいろと買い込んでいたみたいですね」

小林は拳銃をこちらに向けたまま、足下に置いてあるボストンバッグの中身をあさり始めた。ロープやノコギリがバッグからはみ出てくる。

「これ玩具でしょ。子供だましは通用しませんよ」

小林はモデルガンをベッドの上に放り投げた。やはり買い物も監視されていたのだ。小林はボストンバッグの中からロープと粘着テープを取り出す。

「おかげで余計な出費をせずに済んだ。これ、使わせてもらいますよ」

小林は拳銃を向けたまま片手と口を使って器用に粘着テープをはがす。そして一橋の手をイスの肘かけに何重にも巻いて固定した。両手がふさがれて動けなくなった。その間に小林は今度はロープを使って一橋の体をイスに縛りつけていく。

「ほんとは僕をこうするつもりだった。でしょ？」

小林が銃口で一橋の鼻先をこすった。鼻孔《びこう》に鉄と硝煙《しょうえん》の臭いが広がった。

「ミカドの人たちってひどいですよね。みんなして金の亡者だ。まさかロクさんや一橋さんまで強請ってくるとは思わなかった」

「ひどいのは……どっちだ。ハッピーバンク事件はお前がやったんだろ」

小林は銃口を一橋の頬に押しつけてきた。頬の粘膜《ねんまく》が銃口と大臼歯《だいきゅうし》に挟まれて痛む。ここで暴発したら顔半分は吹っ飛んでしまうだろう。銃口が氷のように冷たくなってきた。

「一橋さん。ふるえてますよ」

小林のいうとおり体のふるえが止まらない。逃げ出したくてしかたがないのに体がまったく動かない。一橋の中で恐怖が怒りを抑え込んでいる。

「一橋さんもロクさんもゴルゴさんが犯人だと思っていたんじゃないんですか？　あの黒焦げ死体はゴルゴさんのカムフラージュだと」

小林は春菜からもらった指輪のことを知らない。

「そうそうお前が思うとおりにいくもんか。お前は口封じに片っ端から殺していったんだ。さんざん世話になったロクさんまで殺しやがって！」

「さんざん世話になった？　僕はあなたたちに強請られたんですよ」

小林が口元を歪めて鼻で笑う。

イスに固定された両腕と身体に力が入らない。しかし足は固定されていないのでイスごと立ち上がることができそうだ。しかしそれをしたところで銃口が火を噴くだけである。なんとか時間を稼いで突破口を開くしかない。

「ゴルゴさんの部屋をみんなで捜索したとき、お前は買い出しに行くところだったといってナップサックを背負っていた。あの中にカツラを隠しもっていたんだな」

「そうですよ。ゴルゴさんの部屋からカツラが見つかれば決定的だと思ったんです。クロケンとマイコンさんのときもあれで変装しましたからね。おかげでトオルさんや斎藤さんに見られてしまったけどばれなかった。女の仕業だと思わせることができた」

トオルと斎藤さんがドラッグジャンキーだということもあってその証言の信憑性もあやふやだった。結果的に周囲を惑わす絶妙な変装だったといえる。

「クロケンにも強請られていたのか？」

「ハッピーバンクのあとすぐに国外逃亡の手配をしたんです。高校時代の知り合いにヤクザがいてね。そいつに頼みました。闇医者に整形をしてもらって偽のパスポートを作ってバンコクへやってきたんです。相当金がかかりましたけどね。まあ、それも致し方ない。こちらの手配はすべてクロケンでした。彼はバンコクの闇社会とつながっているんです。念のためクロケンの紹介で二回目の整形をしました。日本のドクターより腕が良かったですね。おかげさまでイケメンですよ」

小林は顔をさすりながらいった。その後、再び偽造パスポートを手に入れて住処も確保した。それらもクロケンの仕事だという。

「しかしやつは性悪《しょうわる》だ。正規の報酬を支払ったのに何度も金を要求してきた。払わないなら日本の警察に通報するってね」

クロケンはいままでも同じことをくり返してきたのだろう。むしろ犯罪者相手にそれまで無事でいられたのが不思議なくらいだ。

「マイコンもそうなのか？」

「そうですよ。まさかあんなソフトがあるとは思わなかった。整形は完璧でしたからね。どうみても別人だったでしょ」

たしかにいまの小林の顔からハッピーバンクの放火犯をイメージする人はいないだろう。

「暇つぶしに僕の顔写真を解析していたら、偶然あの似顔絵に行き着いたらしいですよ。ポケットティッシュを一橋さんからもらったそうじゃないですか。マイコンさんはそれをもらうまで事件のことを知らなかった。当然、似顔絵だって見たこともなかった。つまり一橋さんがポケットティッシュを渡さなければ、彼が死ぬことはなかった。そう、それが発端ですよ」

たしかにマイコンが似顔絵のことを知らないままであればこんなことにはならなかった。クロケンはともかくフィガロやゴルゴさんやロクさんたちが死ぬこともなかった。フィガロのホテルの住人やそこで倒れている管理人もそうだ。しかしそんな理屈は小林のこじつけに過ぎない。

「それでフィガロも殺したのか」

「ベッドの下のマッキントッシュを見逃していたのは迂闊だった。マイコンさんを殺った夜、全部壊したつもりでしたからね。一橋さんたちがそれを見つけたとき、肝《きも》を冷やしましたよ」

ロクさんと一緒にベッドの下のパソコンを見つけたときのことを思い出した。中身を調べていたらフィガロのメールを見つけた。そのときゴルゴさんと小林も部屋の中に入ってきてそのメールをみんなで読んだ。あのときの小林は顔色がすぐれなかった。チワワさんの料理が原因だと思っていたが、そうではなかったのだ。

「フィガロなる人物の存在を知って正直慌てましたね。そいつにデータを送ったって書いてあるじゃないですか。すぐに、ソフトで解析した僕の顔写真だと分かりましたよ。でもフィガロなんて会ったこともないし本名も知らない。仕方がないからパンティッププラザへ先回りしてフィガロを探した。でもあれだけ人でごった返すところですよ。名前も素顔も知らない男をあんたたちより先に見つけ出さなきゃならないんだ。いずれ警察の捜査も入るだろうから、客や店員に聞き回って僕の顔を印象づけるわけにはいかない。雲をつかむような話ですよ。一階から最上階までそれらしき日本人に当たったのに見つからない。待ち合わせ時間が来て一橋さんたちがプラザに入ってくるところを見たとき、もうだめかと思った。祈る気持ちで三階まで駆け上がったんです。奥のブースを通りかかったとき、音楽が聞こえました。そこには日本人の男が座っていた。彼は膝の上にラジカセを載せていたんです。なんの音楽か分かります？」

なんのヒントもなく分かるわけがない。一橋は首をふった。

「鈍いなあ。モーツァルトの有名なオペラですよ」

そのヒントでピンと来た。

「『フィガロの結婚』か」

なるほど。フィガロの合図とはそれだったのだ。そういえばマイコンはモーツァルトのオペラを愛好しているといっていた。

「パソコンオタクのくせに粋なことしますよね。でも本当に時間ギリギリだった。そのころには一橋さんたちが三階に上がってきてたんです。本当は事故死に見せかけるつもりだったけど時間がない。仕方ないのでその場で撃ち殺しました。幸い陳列棚で隔離されたブースでしたからね。誰にも見られないと思ったんです」

あれほど人で混雑するパンティッププラザだが、三階の奥のブースは閑散としていた。客のほとんどは新製品が並ぶグランドフロアに集中するのだ。

「ちなみにあの忌々しいソフトはフィガロからマイコンさんに渡ったものらしいです。フィガロのパソコンを調べたらそう書いてありましたよ。僕の正体に行き着いたのはあのソフトのおかげですからね。だからマイコンさんは二人で金を山分けにするつもりだった。その金とはもちろん僕から強請りとろうとした金ですよ」

「だけどゴルゴさんがお前に気づいていたようだ」

ゴルゴさんはエスカレーターで三階に向かう小林を見つけたのだ。不審に思った彼は一橋たちから離れてあとをつけた。そして小林の犯行を目撃したのだ。

「そうみたいですね。僕も大急ぎで探偵を使ってフィガロの部屋を見つけました。それで忍び込んだときは驚きましたよ。ゴルゴさんがパソコンをいじっているんです。今回のことで僕は、何度も窮地に立たされたけどそのたびに幸運に恵まれた。その日もそうです。ゴルゴさんはパソコンに夢中で僕に気づかなかった」

小林は背後から彼の後頭部を部屋に置いてあった金属バットで殴りつけた。そしてガソリンを浴びせ火を放ったのだ。

「ただ、パスポートが残っていたのは焦りましたね。もっともみなさんが勝手にゴルゴさんのカムフラージュだと思い込んでくれたからよかったですけど。でもあんたとロクさんだけは、あれがゴルゴさん本人だと分かってたみたいですね」

一橋は時間稼ぎに指輪のことを説明した。小林はつまらない手品のタネ明かしを聞かされたように力の抜けた笑い方をした。その間小林は一度も銃口をそらすことはなかった。まったくスキを見せなかった。

「なぜなんだ？　どうしてそこまでする。ハッピーバンクにしたってやることが無茶苦茶だ。

だいたいお前はそこまで金に困っていたのか？」

　小林の表情から不敵な笑みがさっと消えた。その瞳に険悪な色が灯った。

「こう見えても僕はエリートになる人間だったんです。学校の成績はいつもトップだった。模試をうければ東大はいつも確実ラインだった。でも父親の会社が倒産しちゃったから大学には行けなかったんです」

　小林は銃口を向けたまま哀しげにいった。

「だめなんですよね。高卒じゃあ。僕の能力に見合った仕事はないし、僕よりずっと頭の悪い連中が僕の上司ですよ。東大に行った高校時代の知り合いたちも高級官僚や大企業の幹部候補です。紛れもなく日本を動かしていく連中だ。本来僕もそこにいるはずだったんだ」

「そこまでの学力があるなら司法試験でも受ければよかっただろ」

　司法試験は高卒でも受験資格があるはずだ。

「僕は東大にこだわっていたんです。そこでもトップになりたかった。大学に行けないと知ってどうでもよくなっちゃったんです。父親の会社さえつぶれなければ、僕は東大に行けたんだ」

　小林が声を荒らげた。一橋は恐怖を抑え込みながら辺《あた》りを窺った。すぐ目の前に武器の入ったボストンバッグが置いてある。しかし体はイスに固定されて動けない。仮に動けたとしても銃口がはりついている。フィガロやロクさんの命を奪った拳銃だろう。本物独特の質感がある。

「それとハッピーバンクとなんの関係があるんだ」

一橋は声をしぼり出した。

「東大さえ行くことができれば、僕は官僚にも大企業の役員にもなれた。この世には二種類の人間がいる。分かりますか？　管理する者とされる者です。僕は明らかに管理するサイドの人間だ。一橋さんたちとは違う世界に生きるべき人間だった」

「だからハッピーバンクとどう関係するんだよ？」

考えろ。なんとか会話を長引かせてヤツを出し抜く方法を考えろ。ボストンバッグからペットボトルが顔を覗かせていた。中身はガソリンだ。

「どんなに仕事ができてもダメなんですよ。生涯年収だって億単位で変わる。僕はその一部を取り戻しただけです」

あまりに自己中心的な発想にめまいがした。遺族が聞いたらなんと答えるだろう。

「いってることもやってることもメチャクチャだろ！　歪んだ選民意識もいいとこだ。お前はそのために多くの命を奪ったんだぞ」

「社会が悪いんですよ。景気が悪化してそのあおりで父親の会社がつぶれた。原因は政府も経済界も適正な措置をとらなかったことにある。それに対して誰も責任を取ろうとしない。責任の所在さえあやふやだ。そういう意味では僕も社会の犠牲者だ。父親の会社さえつぶれなければ僕は東大に進んで自分の能力に見合った地位にいた。そうなればハッピーバンクに火を放つことも、彼らが死ぬこともなかった。彼らも社会の犠牲者ですよ」

「呆れるほどに短絡的な考え方だな。お前みたいなやつが国を動かすから日本がダメになるんだよ。お前を東大に行かせなかった社会とやらに感謝したいくらいだ」

一橋の中でふたたび怒りの風船が膨らみ始めた。

「国を良くするなんて愚かな大衆の幻想ですよ。管理される人間は所詮管理されているに過ぎない。特権階級が飴を差し出せば無邪気に喜び、鞭《むち》を差し出せば不満を撒き散らす。そんな中で彼らは給料が上がっただの、子供が出来ただの取るに足らない幸せに浸っている」

「平凡でも幸せな人はたくさんいるだろ！」

「そういう人たちはまずい饅頭《まんじゅう》で満足してるに過ぎない。世の中にはもっと高級でうまい饅頭があることを知らないんです。特権の旨味を知らない気の毒な人たちですよ」

こんなに胸くその悪いやつは初めてだ。いますぐガソリンを小林の頭にあびせて火をつけてやりたい。

「なに様のつもりだ！」

一橋は小林を睨《ね》め付けた。

「やはり一橋さんレベルじゃ分かってもらえないようですね。管理される側というのは自分が損をしているということさえ気づいてない。まあ、この話は終わりにしましょう。世の中の本当の仕組みを分かってない人にはなにをいっても無駄ですから。それより一橋さんに聞きたいことがあるんですよ」

小林が頬に銃口を強く押しつけてくる。再び恐怖が怒りを抑え込み始める。

「他の仲間を教えてください。ロクさんと一橋さんと、他にいるんでしょ？」

どうやら小林はロクさんと一橋以外に脅迫者がいると疑っている。

「いたって教えるものか。それより春菜ちゃんをどうした？　彼女はどこにいる？」

小林はそれには答えずに一橋を見下ろした。一橋の表情からなにかを読みとろうとするようにじっと見つめている。

「なるほど。そうきましたか」

小林は銃口をそのままに、足下のボストンバッグからペットボトルを取り出してキャップを開けた。ガソリンの臭いがツンと鼻を衝く。ボトルの中身もすでにお見通しだったようだ。

「ふん。これでハッピーバンクの連中の仇《かたき》をとろうと思ったんですか？　ちょうどいい。これも使わせてもらいますよ」

小林は銃口を外すと、ペットボトルの中のガソリンを一橋の頭の上からふりかけた。液体が頭の上から粘つきながら背中を流れ下半身に下りていく。脳みそがとろけてしまうような強烈な臭いに包まれる。やがて服もズボンもガソリンを吸い込んで重くなった。体温が吸い取られるように肌寒い。

一橋はうなり声を上げながら両手にからみついた粘着テープをはがそうと力を入れた。しかしびくともしない。体を縛りつけているロープも同じだ。

「悪あがきはみっともないですよ」

「くそ！」

そのとき気づいた。玄関扉の真上のガラス小窓に人影が動いた。部屋の外に誰かいる。一橋に用事があるのか。人影は部屋の前の廊下をうろうろしている。管理人は扉口で倒れて動かない。背中にはサバイバルナイフが杭のようにめり込んだままだ。小林は扉を背にしている。だから部屋の外に気づいていない。

「やめろ！　小林！」

一橋は廊下の人物に聞こえるように声を張り上げた。「助けてくれ」と強く念じる。

「大声出すな！」

小林が拳銃を一橋の頭に打ちつけた。一瞬目の前に火花がとぶ。額から生ぬるいものが落ちてくる。拭おうにも両手が使えない。

そんな一橋を悠然と眺めながら小林がポケットからオイルライターを取り出した。

一橋は痛みをこらえながら、首をわずかに回して背後を見た。カーテンは閉じているので外の様子が見えない。窓までここから二メートルほどだ。その間も腕に力を入れてみるがまったく動かせない。体はロープでイスに縛りつけられている。しかし両足は自由だった。イスは床に固定されているわけではないので、イスごと移動することができる。

やがて小林は左手で弄んでいたライターのふたを開いて着火させた。オレンジの炎が小さな柱を立てて揺れ始めた。それがわずかでも一橋の体に触れれば引火する。

一橋はつばを思いきり飲み込んだ。ゴルゴさんの黒焦げ死体が頭に浮かぶ。胃がしめつけられて吐き気と尿意がこみ上げてくる。

「お客様。焼き加減はいかがいたしますか？」

「ナマでたのむよ」

ありったけの勇気をふりしぼって小林のジョークに答えた。人生最後のジョークになるかもしれない。小林も思わずといった様子で噴き出した。そして声を上げて笑う。

すかさず一橋は小林の背後を確認する。玄関扉の隙間から廊下の明かりが仄かにさしこんでいる。その明かりが一橋には希望の光に見えた。廊下の人物はわずかに扉を開いて部屋の様子を探っているのだ。小林は玄関を背にしているので気づいていない。それにしても外にいるのはいったい誰だ。影しか見えないのでここからでは性別すら分からない。誰であろうと彼に希望を託すしかない。

「仲間を教えていただけませんか？」

小林は左手にもったライターの炎をジリジリと一橋に近づけてくる。気化したガソリンに触れただけでも引火する。汗の滴がガソリンと混じって額や頬を流れ落ちる。

「よ、よせ……やめてくれ……」

死への恐怖が腹の底からわき上がってくる。再び恐怖が怒りに黒い布をかぶせる。

ドアはわずかに開いている。人影が見える。じっと動かないままだ。中の様子を窺っているのだろうか。助けてくれる意思があるのか、それとも好奇心で覗いているだけなのか。

——なんとかしてくれ！

「仲間の居所を言うんだ」

「仲間っていったいなんのことだ？」

小林がなおもライターを近づけてくる。わずかに動いただけで引火しそうだ。一橋は息を止めた。目に入る血も気にならなくなった。玄関の扉も人影も動かない。叫びを上げようにも目の前で揺れる炎が怖くて声が出ない。

「そいつはどこにいるんですか？」

小林がじりじりと寄ってくる。ちょうど小林が邪魔になって玄関の方が見えなくなった。小林は廊下の人影には気づいていない。しかし謎の人物は動きを見せない。

「な、仲間なんていない。本当だ。お前のことは斎藤さんもチワワさんもオーナーも知らない。僕とロクさんのふたりでやったことだ！　たのむ。殺さないでくれ！」

一橋は廊下に届くように声を荒らげた。しかし小林の背後からはなんの反応もなかった。小林の体が邪魔で玄関の方が見えない。まだ廊下にいるのか。

小林は一橋の視線の動きを見逃さなかった。

「あんた、誰かに合図を送っているな」

小林はライターの火を消すと銃を一橋に向ける。そして注意深く背後を見た。いつの間にか扉は閉まっている。

「動いたら撃ちますからね」

銃を一橋に向けたままゆっくりと玄関に歩き出す。一橋は喉を鳴らした。ドアの向こうには誰かいるのか。しかし人影は見えない。小林は管理人の死体をまたいでドアノブに手をかけた。そして一気に扉を開く。すばやく廊下を覗き込むとすぐにドアを閉めた。誰もいなかったようだ。

「紛らわしいマネをしないでくださいよ」

　廊下の人物は助けを呼びに行ってくれたのだろうか。

　小林は一橋の近くまで戻ってくると再びライターを取りだして着火させた。玄関の方に首を伸ばして覗き込んだが、扉は閉められたままで人の気配はない。

「そうやって時間を稼ぐつもりなんでしょう。さあ、これが最後だ。僕の質問に答えてください」

　そういいながらライターを近づけてくる。揺らめく炎が磁石に吸いよせられるように一橋に傾いてくる。一橋は思わず顔を背けた。

　もはや絶望的だ。廊下の人物が戻ってくるまでにはまだ時間がかかるだろう。手に力をこめてみるも強い粘着性のテープは完全に腕を固定している。引きはがすことは不可能だ。それに小林の質問には答えることができない。他の仲間なんて存在しない。小林の思いこみに過ぎないのだ。

「仲間なんていないっていってるだろ！　それより春菜ちゃんをどうした？　まさか殺しちまったのか！」

　小林は一橋の瞳の色の変化を読みとろうとするかのようにじっと見つめていた。そして深くため息をつくと、

「そうですか。あくまでシラをきるつもりなんですね。あまりにも見え透いていてかえって分かりやすいですよ」

と半ば呆れ顔でいう。

見え透いている？　なにが見え透いていてなにが分かるというのか。

それを問いただそうとしたが声にならなかった。小林は炎を限界ギリギリまで近づけてきた。まばたきひとつの動作で引火してしまいそうだ。一橋は体の震えを止めるだけで精一杯だった。

「もういいです。あんたを殺してすぐにこの国を出る。また顔を変えてうまくやるさ。金さえあればなんとでもなる。世界中にはそういう国がたくさんありますから。最初からそうすればよかったんだ。あまりに居心地のいい街だったんでつい長居をしてしまった」

小林は苦笑して肩をすくめる。

「老後はまたバンコクに住みたいですね。どうせ一橋さんは年金なんて払っちゃいないでしょ？　じゃあいまから死んでも損はないですね」

廊下の人物はまだ現れない。助けはやってこない。もはや自分でなんとかするしかない。いちかばちかやるしかない。

背後のカーテンをちらっと見る。約二メートル後方だ。

——ロクさん、力を貸してくれ！

小林は拳銃をもった右手を下ろした。その銃口は一橋から外れた。ライターを一橋へ放り投げようと左手を軽く振り上げた。

「さよなら、一橋さん。いろいろと世話になりました」

——いまだ！

一橋は床を蹴飛ばして、イスごと思い切り後方へ駆けだした。

「こいつ！」

慌てて小林は腕を伸ばしてライターの火を向けるが一橋の方が早かった。炎は一橋の体をかすめたが、運良くその部分にはガソリンが付着していなかったので引火しなかった。

一橋にはそのあとのことがスローモーションに見えた。

小林が顔を歪めてライターを投げつけながら、右手にもった拳銃をもち上げて一橋に向けようとする。

一橋はバランスを崩しながらも後ろ向きでダッシュする。体にはりついたイスが邪魔をして転げそうになるがなんとかこらえる。

小林の銃口が一橋を捉えた。乾いた炸裂音がはじけ飛ぶ。それと同時に一橋は浮遊感《ふゆうかん》をおぼえた。小林の背後の玄関ドアは閉まったままだ。その前には管理人が倒れている。

そして視界が大きく転がった。気がつけばカーテンを突き破って窓の外だった。頬を熱い痛みがかすめ通った。向かいの建物の部屋のガラス窓が割れる音と女の叫び声がした。小林の発砲した弾が一橋の頬をかすって到達したのだ。向かいの金髪美女に当たってなければいいが、という思いが頭をよぎった。

浮遊感は一瞬だった。すぐに絶望的な落下が襲ってきた。体をイスに固定されたまま一橋は四階下に転落した。

瞼をきつく閉じた。直後に一橋の体はなにかに跳ねとばされた。木製のイスが衝撃でバラバラにはじけ飛んだ。それと同時に両腕が自由になった。ふたたび空中に跳ね上がったがすぐに落下する。そして固い地面に叩きつけられた。

おそるおそる目を開くと向かい合う建物に挟まれた青空が見えた。向かいの女も割れた窓を開けて顔を出している。どうやら弾には当たらなかったようだ。

体を動かすとあちこちにきしむような痛みが走る。一橋は細かく息をしながらゆっくりと起きあがってみる。足首に痛みがあるが骨は折れていないようだ。四階から落ちて捻挫《ねんざ》とかすり傷で済んだ。部屋の真下に止めてある車のボンネットが大きくへこんでいる。一橋はここへ落下したのだ。ボンネットがトランポリンの役目を果たして衝撃を吸収してくれた。

周囲ではバイクタクシーの若者たちが呆然と一橋を見つめている。空から人が降ってきたのだ。何事にも無関心を決め込むバンコクの住人たちもさすがに驚きを隠せないようだ。

一橋は四階の自分の部屋を見上げた。

閉めきったカーテンの向こうにゆらゆらと揺らめくオレンジ色の明かりが見えた。黒い煙がじわじわとカーテンの隙間から溢れ出してくる。

「どうなってんだよ？」

一橋は足を引きずりながらホテルの玄関をくぐった。手すりにつかまりながら階段を一歩一歩上がる。なんとか四階にたどり着く。一橋の部屋のドアは開け放たれ、中から黒い煙がわき上がっていた。一橋は煙をかき分けながら部屋の前にたどり着いた。そして中を覗き込んだ。

オレンジの炎を身に纏った男が部屋の中をさまよっていた。なにかを求めるように虚空をつかみながらぎこちなく歩き回る姿は、大樹海をさまよう遭難者だった。炎は蓑虫《みのむし》のように男の身体を包み込んでいた。激しいオレンジの明かりに照らし出されて男の姿は影のように見えた。やがて玄関に立ちすくむ一橋に気づくと、苦悶に顔を歪めながらゆっくりとこちらの方に歩み寄ってくる。男は間違いなく小林だった。真っ黒に焦げた小林の顔にぎらぎらと眼光鋭い瞳が浮かび上がっている。彼は一橋に向かって火のまとわりつく両手をさしのべてくる。

「た……す……け……」

やがて小林は砂の城が崩れるようにゆっくりと倒れた。炎は小林の身体だけでは飽きたらず、ベッドのシーツやカーテンにものり移っていった。

「お、おい、小林！」

我に返った一橋は廊下に設置された消火器をもち出すと部屋中に広がる炎たちに向けてレバーを押した。消火剤が拡散してみるみるうちにオレンジ色の明かりは弱まり、三十秒後には完全に消えた。部屋の真ん中には炭のようになった小林が足を直角に曲げた状態で仰向けに横たわっている。床も壁も所々が焼け焦げていた。肉の焦げた強烈な臭いが鼻を衝く。目にもつき刺さるような痛みが走る。

「なんでお前が死ぬんだよ？」

一橋は声を上ずらせた。ガソリンに引火した火炎が小林を巻き込んでしまったのか。しかしガソリンのほとんどは一橋が浴びている。絨毯《じゅうたん》に染みこんだガソリンに引火してしまったのだろうか。どちらにしろ小林にとって今回も思わぬアクシデントが起こったのだ。そしてそれは致命傷となった。

一橋は焦げ臭い臭いを嫌って外に出ようとした。扉の前には管理人の死体が転がっている。それをまたごうとした瞬間、ふっと違和感をおぼえた。さきほどまでの状態とはなにかが違う。なにかが欠けている。一橋は膝を下ろして管理人の死体を検分した。

「ない……」

彼の背中にはサバイバルナイフが突き刺さっていたはずだ。それがいまは抜き取られている。小林が抜き取ったのか。なんのために？

一橋は再び小林の死体まで戻った。死体の片手には拳銃が握られているが、ナイフは見あたらない。しかし死体は背中を不自然に浮き上がらせた状態で仰向けに倒れている。

一橋は真っ黒になった小林の死体に手をかけた。そしてうつぶせになるよう体を転がしてみた。それを見た瞬間、頭の中で完成していた積み木が崩れ始めた。身体中の力が抜けてその場にしゃがみ込んだ。

サバイバルナイフは見つかった。

小林の背中に深々とめり込んでいた。

エピローグ

五日後。

一橋は例のポケットティッシュから一枚取り出して鼻をかんだ。鼻づまりがひどくて息ができない。目のかゆみとくしゃみが止まらない。花粉症だ。

バンコクではよく下痢をしたものの、こんなことは一度もなかった。肌を炙るような日差しもここでは心地よい陽気にかわる。桜が涼しい風に舞って青い空と絶妙になじんでいる。真新しい学生服とランドセルを背負った小学生が、知り合って間もないであろう友人たちと楽しそうに歩いている。そのすぐ近くを免許を取ったばかりであろう女性が運転するピカピカの新車がたどたどしく通り過ぎる。それを追いかけるようにして新入部員であろうバスケット部の一団がかけ声とともに走り抜けていく。さらにその反対側の歩道を、いまひとつなじまないスーツ姿の若者が慌ただしく過ぎてゆく。そこにいる人たちすべてがおろしたてに見えた。新しい生活の始まりを感じさせる空気が街中に漂っている。

一年中真夏のバンコクと違って東京は春真っ盛りだった。

一橋はそんな彼らを眺めながら歩道を歩く。痛めた足首は幾分良くなったが、それでも体重がかかると突き刺すような痛みが走る。四階から落ちて捻挫で済んだのだから不幸中のなんとやらだ。

「命安寺霊園右折五十メートル」と掲げられた看板を指示通りに右折する。そこからは数十メートルにわたってのびる桜並木だった。風に舞う桜の花弁が頰を撫でる。一橋は桜吹雪の中をゆっくりと進む。

看板に書いてあったとおり、五十メートルも歩くと霊園が広がった。桜と墓という取り合わせが儚《はかな》い死へのイメージを喚起させるが、ここ数週間で一橋が目にした死は凄絶なものばかりだった。ある者は切り裂かれ、ある者は頭を撃ち抜かれ、またある者は焼き殺された。

一橋は霊園に入った。霊園はまだ新しいようで、鏡のように磨き込まれた大小さまざまな墓石が整然と並んでいる。小道を進んでいくと目的の墓石は中ほどにあった。一橋はいま一度確認する。ワックスを掛けたようにツルツルした竿石《さおいし》には「星野家」と彫り込まれている。そこには最近亡くなった一人の男性の名前が刻まれていた。

一橋がバンコクから日本に帰国したのが二日前。小林が焼け死んでから三日後のことだ。その三日間は警察の厳しい取り調べにあったので身動きがとれなかった。一橋の部屋に小林の焼死体が転がっていたのだから無理もない。さらにその背中にはサバイバルナイフがめり込んでいたのだ。一橋は自分の見てきたことだけを証言した。どうしてナイフが小林の背中に刺さっていたのか見当もつかなかった。

向かいのホテルに宿泊していた金髪女性の証言のおかげで一橋への疑惑は晴れた。一橋が四階の窓から落下した直後、彼女は小林の背後にもう一人の人影を見たという。カーテンのわずかな隙間越しだったので体の一部しか見えなかった。その人物はナイフを握っていたという。

それから間もなく火の手が上がった。一橋が部屋に戻ったときには誰もいなかった。管理人の背中に突き立っていたサバイバルナイフが抜き取られていた。おそらく彼女の見たという人影がそれを抜き取って、小林の背中に突き刺したのだろう。

いったい誰がなんの目的で小林を殺したのか。ヒントはガソリンにあった。小林はハッピーバンク強盗放火殺人事件の被害者たちと同じかたちで殺されている。取り調べを終えた一橋は警察署を出るとその足で行きつけのインターネットカフェに飛び込んだ。

ハッピーバンク事件で検索すると二千にも及ぶサイトがヒットした。その一つ一つを丹念に調べていった。ほとんどは簡単な記事の紹介と事件の背景をテーマにした陳腐なコラムだったが、あるニュースサイトの記事が目を惹《ひ》いた。それは杜撰な警察の捜査に対する批判に始まり、被害者の人権にまで踏み込んで書かれていた。さらにはいままでの中でいちばん詳細な記事が掲載されていた。

その中に小林の死の謎を解く答えを見いだした。

それはある人物の名前である。それを見つけたとき、一橋は体の震えを止めることができなかった。画面の前で泣いた。周囲の視線もはばからずに声を上げて泣いた。もしこれが真相ならあまりにやりきれない。残酷すぎる。神や仏の存在を本気で疑いたくなる。

小林はいい。悶絶《もんぜつ》の最期とはいえ死ねば苦しみから解放される。しかし、残された者たちに決して癒《い》えることのない傷を残した。この傷を刻まれたまま生きていくのは地獄なのかもしれない。小林がどんな最期を遂げたにせよ、決して癒されることはない傷が残る。この事件に限らず、犯罪被害者はそういう運命を背負っていかなければならない。小林らの罪は被害者に対するものだけではない。被害者を愛するすべての人たちに対してもだ。絶望的な喪失感を与えて、生きる希望を奪ったのだ。

一橋はすべてを確かめるためにすぐにチケットをとって日本に帰ってきた。一橋が日本に帰ってきたことは家族には内緒にしてある。彼らは人の親なら誰でもそうであるように、息子が社会人としてまっとうな生活を送ることを望んでいる。一橋はこの事件の決着をつけたらまたバンコクに戻るつもりだった。そして斎藤さんやチワワさんのいるミカドホテルに帰る。いずれまた変人が入ってきて賑やかになることだろう。

両親には申しわけないが、キリギリスが体にしみついてる。もうアリには戻れないし、その気もなかった。それにアリの人生が必ずしも幸せだとは思えない。

一橋は星野家の墓石から離れた。そこから二十メートルほど先にベンチがある。ベンチに腰掛けて星野家の墓を見張ることにした。実は帰国した日からこれを続けている。朝早くから夕方までこのベンチに座って星野家の墓を見守った。しかしこの二日間は誰も訪れてこなかった。しかし、その人物がくるまで辛抱強く待ち続けるつもりだった。近いうちに必ず姿を見せるという強い確信があった。その人物は大きな目的を遂げたのだ。その報告と懺悔にやってくるはずだ。

それから二時間がたった。太陽が高く上りもうすぐ正午になろうというときだった。霊園の入り口から真っ白なワンピース姿の若い女性が現れた。女性は彩り鮮やかな花をもち、ゆっくりとこちらに向かって歩いてくる。星野家の墓の前で立ち止まった。一橋には気づかないようだ。女は墓に花を供えると手を合わせた。

一橋はそっと女の背後に近づいた。しばらく彼女の背中を眺めていたが、女は気づかないのかふり返らず、墓石に向かってなにかをささやいていた。

「星野金太郎の墓だね」

一橋は女に向かっていった。女は背中をビクンと反らせたが尚もふり返らなかった。しばらく時間をおいて、

「そうよ」

と答えた。

一橋も女の隣に並び墓に向かって手を合わせた。

「彼はハッピーバンク浜松町支店の若き支店長、そして君の大切な恋人だった。その彼が小林に焼き殺された。それで仇をとったんだね……春菜ちゃん」

春菜は手を合わせたまま空を見上げた。それでも涙が頰を伝って首筋に落ちてくる。

「いつ気づいたの？」

春菜は空を見上げたまままいった。

「あの日、イスに縛りつけられて僕は必死に君の安否を問いかけた。だけど小林はそのたびに『見え透いた嘘だ』というんだ。そしてしきりに他の仲間のことを聞いてくる。最初はなにが見え透いた嘘なのか分からなかった。だけどあとでよく考えてみたら小林は一言も君を誘拐したなんていってない。そこでピンときた。あいつは君が僕らの仲間だと思いこんでいた。だから僕のいうことをはったりだと思っていたんだ」

一橋たちは小林が春菜を拉致したと決め込んでいた。しかし小林の方は突然失踪した春菜

を脅迫者の一味だとみていた。だから彼は春菜の不在を狙って部屋に忍び込み、手がかりを物色したのだ。

春菜はこぼれ落ちてくる涙を拭いながら一橋に顔を向けた。その表情に仇をとったという達成感は窺えなかった。むしろ哀しそうに、そして苦しそうに顔を歪めていた。

「フィガロさんが撃たれたとき、彼は床に落ちていたポケットティッシュをふるえる指でさしていたの。似顔絵が入っているやつよ」

一橋は瀕死《ひんし》状態のフィガロの口から手がかりを聞き出すことに必死だったので、彼の指の動きには気づかなかった。

先日、トオルとばったり出くわしたカフェで読んだ雑誌を思い出す。それにはフィガロの死体写真が載っていた。写真のフィガロは右手の人差し指を真横に向けていた。写真には写ってなかったがその先にはハッピーバンクのポケットティッシュが落ちていたのだ。春菜は、ポケットティッシュは血だらけだったという。間違いなくフィガロの持ち物だろう。

「そのときはまだピンとこなかったの。小林が犯人だと知ったのは本当に偶然だったわ。きっかけはスクンビットの美容院よ。予約を取ろうとお店に立ち寄ったとき、ネオンの看板を見てひらめいたわ」

暖かい風が優しく彼女の髪を揺らす。しかし彼女の表情に心地よさは浮かばない。

「僕もそうさ。メタモルフォーゼだろ」

春菜は首肯する。思った通りだった。彼女も美容院の名前からあの美容整形ソフトを連想したのだ。そして彼女の中でフィガロの指さした似顔絵と美容整形ソフトがつながった。フィガロを撃った犯人は似顔絵の男であり、フィガロたちはソフトを使って彼の正体を突き止めたのだと。

「それで『めた、も』の意味に気づいた。いてもたってもいられず慌てて帰ったわ」

「せっかく予約入れたのにね」

「すっぽかしよ。悪いことしちゃった」

春菜はチラリと苦笑いを覗かせた。

「犯人がミカドの中にいるのは間違いないとあなたから聞いていたから、一人一人の顔写真をソフトにかけていったわ。あの中に似顔絵の男がいる。あの日の私は一睡もせずに取り憑かれたように画面に向かっていたわ」

もちろん彼女は一橋の顔も解析しただろう。

「コンピューターは小林の正体をはじき出したの。信じられなかった。体中がふるえたわ。殺したいほど憎かった似顔絵の男がすぐ近くにいる。神様に感謝もしたけど憎んだわ。こんな偶然を作り出せる力があるのなら、どうして金太郎を助けてくれなかったんだって」

春菜が拳をぎゅっと握りしめた。力の入った指は血液が遮断《しゃだん》されて真っ白になっている。拳は小刻みに震えていた。

「君がいなくなってしまったとき、勝手ながら君の部屋に入らせてもらった。例のソフトのCDを捜すつもりだったんだけど、偶然君と恋人が写っている写真を見つけたんだ。裏に彼の名前が書いてあってね。金太郎なんて変わった名前だったから印象に残っていたんだ」

写真に写っていた金太郎は細面で実直そうな好青年だった。東京ディズニーランドをバックに二人は幸せそうに微笑んでいた。

「小林が死んでからすぐに過去の新聞記事を調べたよ。被害者の支店長の名前が出ていた。ありふれた名前なら見過ごしただろうけど金太郎だからね。すぐに気づいたよ。事故死じゃなかった。小林に殺されたんだ」

いまの春菜には穏やかな春の風すらも痛く感じるのか。彼女は唇を噛んでそっとうなずいた。

「どうして僕やロクさんに相談してくれなかったんだ？　なんで一人でそんな危険なことをしたんだよ？」

「決まってるじゃない。そんなことを相談したらあなたたちは絶対に私を止めようとするわ。法律が彼を裁くんだ、なんてもっともらしいことをいってね。そうでしょ？」

思った通りの答えだった。

「あ、ああ。もちろんそうだと思う」

そんなことを相談されたら全力で彼女を止めただろう。場合によっては彼女を部屋に閉じ込めたかもしれない。きっとロクさんも同じことを考えたろう。

「この手で金太郎と同じ苦しみを味わわせてやる……彼を失って以来ずっとそればかり考えていた。それじゃだめだ、忘れなくちゃだめだって分かってた。辛い思い出を吹っ切るために、会社を辞めてバンコクまでやってきたわ。環境が変われば自分も変わることができるって思った。だけど夢に出てくるの。私は似顔絵の男にガソリンをかけて火をつける。炎にまかれた男は苦しみ悶《もだ》えながらじっくりと死んでいくの。最期はハンカチのように燃え尽きるわ。忘れよう、忘れようとがんばったけどだめなの。その男が私の目の前に現れた。ああ、神様。思いが遂げられるのならどうなってもいいと思ったわ！」

春菜は眉をつり上げて声を荒らげた。しかし墓石に視線を移すと悲しそうにうつむいた。

墓の中の恋人はいまの彼女を見てどう思うだろう。一橋は声がかけられなかった。

「私は姿を消したわ。あいつを前にして平然と生活なんてできそうになかったから。それからずっと監視してたの。チャンスをじっと窺っていた。あの日、小林のあとをつけていたら、彼はシーロムホテルに入っていった。そこで彼はロクさんを殺してしまったわ。あまりに突然の出来事でどうにもできなかった。ロクさんは、私を助けだそうとしてくれてたのね」

一橋はなにもいわずにうなずいた。たしかにロクさんは春菜を取り戻そうと、小林に罠を仕掛けて返り討ちにあった。春菜が一言相談してくれればロクさんは死なずに済んだ。しかしこれ以上、春菜の気持ちを傷つける言葉を口にできなかった。自分も、春菜と同じ立場で愛する家族や恋人を殺されたとしたら、同じように小林を殺したと思う。事情はどうであれ、諸悪の根源は小林だ。いまだけはそう考えることにした。

「それから間もなく、小林はあなたのホテルに入り込んでいった。あなたも金太郎と同じように焼き殺される寸前だったわ。なんとかしたかったけど……」

一橋は人差し指で春菜の唇を塞いだ。もうこれ以上の説明はいらない。廊下に潜んでいた人影は春菜だった。小林を背後から襲い火を放ったのも彼女だ。小林は金太郎と同じ苦しみを味わって息絶えた。

「もう忘れよう。君のしたことを知っているのは僕だけだ。このことは胸の奥底にしまって厳重に鍵をかけておく。死ぬまで人に話すことはない。小林は絶対に許せないことをした。君は仇をとった。それは決して正義じゃないけども、それでいいと思う。悪いのは小林だ。いまの法律が理不尽なんだ。被害者の人権はないがしろにされて、加害者の人権ばかりが守られている。そんなのおかしいよ」

一橋は春菜の唇から指を離した。ほんのりと微笑む春菜のことが本当の妹のように思えた。

「ありがとう。優しいのね。あなたのいうとおり、最初はそう思ったわ。あいつは人間じゃない、生きてる資格もない。だから仇をとった、それでいいじゃないかってね。現にあいつを殺してからすぐに部屋から逃げ出したわ。誰にも見られたくない、捕まりたくないって頭の中はそればかりだった」

一橋が部屋に戻ったときには火だるまになった小林と管理人が倒れているだけだった。他には誰もいなかった。

「でもそれでは私自身の自己満足だけで終わってしまう。私以外にも、小林に殺された被害者たちの家族や恋人はたくさんいるの。ここで私がふたを閉じてしまったら、彼らは事件の真相を知ることもできずに生きていかなければならない。それって死ぬより辛いことよ。小林という名前だっておそらく偽名だわ。私が口を閉ざしたらあいつの素性すら分からず終《じま》いよ。それにあいつに犯罪者としてのレッテルを貼ることもできない」

たしかに小林が死んでしまったいま、ハッピーバンク強盗放火殺人事件の真相は半分闇の中だ。一橋の証言だけでは弱すぎる。

「私がすべて自供すれば警察もきちんと動いてくれると思うの」

「たしかに他の人たちには気の毒だけど、こんなことで君が刑務所に入ることはない。あいつがいなければ君はいまごろ幸せな生活を送ることができたんだ」

一橋は春菜の手を強く握りしめた。しかし彼女は握り返してこなかった。

「事情はどうであれ、私は人を殺した。それを隠して平然と生きていくことはできないよ。そんなに強くないし」

もはやなんと言葉をかけてよいのか一橋には分からなかった。仇をとらずにはいられない、そしてその罪を背負わなければならない。あとには厳しい現実しか残らない。なんという理不尽だろう。

改めて小林に強い憎しみを覚えた。あの男のせいで愛すべき女性の人生が大きく狂ってしまう。

「本当のことをいうとね、このまま黙っていてもいいかなって思ってたの。でもあなたと会って考えが変わったわ」

「どうして？　僕は黙ってるっていってるんだよ」

一橋は握り拳に力を入れた。思いとどまってくれと強く願った。

「あなたにばれている以上、完全犯罪じゃないわ」

春菜の顔に笑顔が広がった。

一橋は春菜を見つめた。もう悲しい目をしていなかった。すべてを話して吹っ切れたのだろうか。強い意志を秘めたような眼差しを向けていた。

二人の間を桜色の暖かい風が通り抜けた。

「きっと金太郎があなたをここへ呼んだのね。私を正しい道へ導くために」

春菜は桜の花弁に彩られた墓に向かうと手を合わせてそっと目を閉じた。自分の思いを恋人に伝えているのだろう、しばらくそのまま頭を下げていた。

「まじないのことなんだけど」

一橋が声をかけると春菜はそっと顔を上げた。顔を少し横に傾けながらまぶしそうな目で一橋を見つめる。穏やかな表情だった。

「まじないって？」

「ほら、指輪のまじないだよ。君の気持ちを惹きたくてあれから飲んだんだぜ」

「ええ！　本当に？　冗談のつもりだったのに」

「本当に飲んじゃったよ。きついおまじないだな」

春菜が「あはは」と声を上げて笑う。事件の前の春菜が戻ってきたようだった。

「でも効果は昨日で無効になってしまったようだ」

「え、どういうこと？」

「こういうことさ」

一橋はポケットに指を入れた。中から鈍い金色の指輪を取り出した。

「どうして飲んだものがここにあるの？」

「昨日、トイレで出ちゃった」

「げっ」と春菜が顔をしかめる。そして鼻をつまみながら手で扇《あお》いだ。

「一橋さんに彼女ができないのも分かる気がするわ」

それからしばらく二人の笑い声が春の風に流れた。

解説

香山二三郎

バックパッカーという言葉を初めて聞いたのは、いつのことだったろう。バックパッカー——すなわち金をかけずに海外を旅する個人旅行者のことで、一九六〇年代〜七〇年代のヒッピーの自由気ままな旅のスタイルから生まれた言葉らしい。

武者修行的な海外旅行記で筆者が刺激を受けたのは、まず五木寛之『青年は荒野をめざす』(一九六七年刊)。これは六〇年代、シベリア鉄道経由でロシアからヨーロッパを目指すジャズ・ミュージシャン志望の青年の成長小説であった。著者自身の旅行体験をベースにした作品でもあったが、当時の若者の貧乏旅行記としては、小田実『何でも見てやろう』(六一年刊)という作品がバイブル視されていることを知ったのもその頃。

まあ、読んで感銘を受けたからといっても、実際に海外へ飛び出すことはなかったのだが、読むほうではその後もこの手の旅行記が好物で、そうこうしているうちにバックパッカーという言葉も知ったわけだ。そのバックパッカーもので影響を受けたのはご存じ沢木耕太郎のベストセラー『深夜特急』で、当時まだ海外旅行未体験だった筆者も安価なツアーがある香港やバンコクならすぐにでも出かけてみたいと思ったもの。

日本ミステリーの中にも、そうした海外への旅心をそそる作品がある。考えてみれば、日本の庶民は一九六四年四月まで観光目的で自由に海外渡航することは出来なかった。それ以前にも海外を舞台にしたミステリーはあったけれども、そのほとんどの主人公は特権的な役人とか商社マンだった。しかし海外渡航が自由化され、安価なパックツアーが設けられて海外旅行ブームが起きると、海外を舞台にしたトラベルミステリーもあたりまえのように現れる。女性だけのヨーロッパ・ツアー中に殺人事件が起きる松本清張の『黒の回廊』(七六年刊)はその典型だ。

本書『僕は沈没ホテルで殺される』もまた海外への旅心をそそるミステリーであるが、一般庶民よりいささか濃厚な旅人キャラクターが集った一冊である。

物語はタイ、バンコクの安宿の夜から幕を開ける。ガンジャ(大麻)で頭を朦朧《もうろう》とさせた日本人のトオルはバックパッカーの初心者を食いものにしている悪質な日本人クロケンの部屋から不気味な女が出てくるのを目撃。ドアノブに血がついているのを見たトオルは厄介事を避けるべく宿を出てしまう。クロケンの死は、バックパッカーの聖地と呼ばれるカオサン通りにある最底辺のゲストハウス、ミカドホテルの日本人客――「沈没組」の一橋隆史や電脳オタクのマイコンこと高田一郎にも衝撃を与える。沈没組とは、仕事もせず娼婦の置屋に通いつめたり、クスリに溺れて帰りの飛行機のチケットまで質屋に入れてしまうような転落者たちのこと。

ミカドホテルには、還暦を迎えたインテリのフリーライター、ロクさんこと竹下六郎の他、ドラッグマニアの斎藤さんや本名はおろか国籍も年齢も経歴も不明という謎の人物ゴルゴさん、ゲテモノグルメの探求者チワワさん等、「お世辞にもまともな人間とはいえない」暗黒系バックパッカーが集っていたが、そんなクセモノたちの間でもクロケンの評判は最悪だった。そんな折り、ミカドに小柄で爽やかな青年・小林が現れ、新たな住人となる。日本人がらみの事件が目につく中、ミカドホテル界隈は平和で、マイコンが手に入れたドイツの美容整形ソフトで仲間の顔をいじって遊ぶなど、呑気な時間が過ぎていた。宝くじでも当たったのか、マイコンは羽振りがよさそうだったが、程なく彼が部屋に女を連れ込んだという証言が飛び出す。しかもその女はクロケン殺しの容疑者と似ていたと。一橋がマイコンの部屋にいくと、案の定、彼は体中を刺されて死んでいた。犯人は何故か一〇台以上あったマイコンのパソコンを皆壊していった……。

マイコンが女を連れ込んだと証言した斎藤さんを容疑者とする説も出るが、彼は一日の半分以上を幻覚とともに過ごしている人物、当てにはならない。かといって、警察の「殺人現場検証はお粗末そのもので警官たちは面倒くさそうな顔をして部屋の中を一通り眺めると、『立ち入り禁止』の貼り紙とロープを張ってさっさと帰ってしまった」というありさま、こちらも頼りにはなりそうにない。一橋はしかし、マイコンがもう一台マッキントッシュのパソコンを隠していたことを思い出し、その内容を探ってみると、彼が〝フィガロ〟なる人物と接触していたことが判明する。

かくして一橋はロクさんらとともに図らずもマイコン殺しの謎解きに乗り出すことになる。クロケンやマイコンを殺したとみられる女の外見は、白いワンピースを纏《まと》い、厚い黒髪が腰まで垂れ下がっていて、背中も腰も老人のように曲がっているという。それって、鈴木光司『リング』の映画版であまりに有名な貞子のイメージではないかと思った読者もいるかも。つまり前半はホラー調の乗りなのではと思わせられもするのだが、それはあくまで犯人のカムフラージュに過ぎないという次第で、中盤以降はオーソドックスな本格謎解きものの作法に則《のっと》って展開していくのである。

もっとも本書の妙は何かというと、何はともあれ、『沈没ホテルとカオスすぎる仲間たち』

という旧題の通り、ミカドホテルの仲間たちの描写にあろう。沈没組の一橋なんか可愛いもので、貧乏旅行の先駆者で重鎮でもあるロクさんもまだまっとうなほう。登場時から死んでいるクロケンのアウトローぶりもさることながら、ドラッグ漬けの斎藤さん（ゲストハウスの犬までガンジャ漬けにしている）や外見こそ劇画のヒーロー「ゴルゴ13」ばりだが実は全財産をつぎ込むほどのフーゾク好きというゴルゴさん、小動物、特に愛玩用動物が大好物というゲテモノ食いのチワワさん等、日常生活ではとてもお近づきにはなりたくない強者が揃っている。

もちろん奇人変人ばかりではなく、ロクさんの読者ファンでミカドホテルに出入りしている新米バックパッカーの若槻春菜のような爽やか娘も登場するが、周りが怪しいヤツらばかりだと爽やかであるがゆえに怪しくも思えてくるという倒錯した気分になってくるから不思議だ（笑）。

ちなみに著者が本書を書いたきっかけはというと、「バンコクを舞台に書きたいと以前から思っていました。タイが好きで、夫婦でよく旅行していたので。タイに行くようになってからバックパッカーの存在を知りました。当時の僕は仕事も家庭も既に持った後だったので、ちょっと憧れましたね。自分も若い頃にやっておけばよかったなと」（「著者とその本」／オンライン書店「ホンヤクラブ」Ｗｅｂ新刊展望二〇一二年八月号）とのこと。どうやら本書を書くためにことさら取材をしたわけではないようで、すでに豊富なバンコク体験をお持ちだったのである。

さて、そうしたヘンタイさん揃いの中、電脳オタクのマイコンは今ふうのバックパッカーといえようか。「コンピューターウィルスを作り出してばら撒いたり、ネット上の個人情報を盗んだり、アンダーグラウンドなソフトを収集したり作成したりと、およそ健全とはいえない方面に情熱のすべてを傾ける」という点ではいかにもアウトローらしいが、そんなオタクが何故バンコクにいるのかというと、バンコクには秋葉原に優るとも劣らぬ電脳街が複数存在するから。冒頭に出てくるパンティッププラザはその代表格（ただし電脳ユーザーがスマホやタブレットに移行したことから、今は廃れたという情報もあり）。まさに『深夜特急』の時代にはなかった文化であり、その道具立ては本書でも重要な役割を果たすことになる。

七尾与史というと、即出世作『死亡フラグが立ちました！』から始まるシリーズの陣内&本宮コンビや死体が見たいから刑事になったという「ドS刑事」シリーズの黒井マヤのように、クセのあるキャラクターを思い浮かべようが、してみると本書はそれらの原点ともいうべきキャラクター小説ということになろうか。その点について著者いわく、「ゴルゴさんもチワワさんも日本では嘘っぽくて成り立たないキャラクターだけど、バンコクのゲストハウスなら、いてもおかしくない。日本を舞台にするよりモラルを踏み越えてムチャができるかなという思惑もありました（笑）」（「著者とその本」）。

本格ミステリーとしては、前半に張られた伏線が丹念に回収されていくオーソドックスなスタイルであるが、ただ謎が解かれるだけでなく、クライマックスにはアクションシーンもあれば、とどめの一撃も用意されている。オーソドックスながらもサービスがいきとどいている、いかにもこの著者らしい仕上がりだ。

これから七尾与史の作品を読んでみたいという向きには、「死亡フラグ」や「ドS刑事」を始めとするシリーズものもいいけれど、著者の志向が色濃く出ている単発作品もお奨めだ。本書は七尾与史の入門書としても恰好の一冊といえよう。

――コラムニスト

この作品は二〇一二年七月廣済堂出版より刊行された『沈没ホテルとカオスすぎる仲間たち』を改題したものです。

僕《ぼく》は沈没《ちんぼつ》ホテルで殺《ころ》される

七尾与史《ななおよし》

平成28年10月10日　初版発行

発行人――石原正康
編集人――袖山満一子
発行所――株式会社幻冬舎
〒151-0051東京都渋谷区千駄ヶ谷4-9-7
電話　03(5411)6222(営業)
　　　03(5411)6211(編集)
振替00120-8-767643
印刷・製本―中央精版印刷株式会社
装丁者――高橋雅之

幻冬舎文庫

ISBN978-4-344-42534-7　C0193　な-29-4

幻冬舎ホームページアドレス　http://www.gentosha.co.jp/
この本に関するご意見・ご感想をメールでお寄せいただく場合は、
comment@gentosha.co.jpまで。